백수귀족 판타지 장편소설
WISHBOOKS FANTASY STORY

바바리안 ⑫
퀘스트

Wish
Books

바바리안
퀘스트

CONTENTS

Chapter 1

　서부의 약탈자는 포를카나 왕국으로 가고 있었다. 1만 전사의 움직임을 숨길 순 없었다. 포를카나 왕국에서도 약탈자들이 몰려온다는 소식에 영주들이 군사를 모으기 시작했다.

　랑케가트 왕국이라는 전례가 있었다. 포를카나는 랑케가트와 엇비슷한 국력을 가졌다. 약탈자들의 진군 소식에 영주와 백성들은 두려움에 떨었다.

　"서부의 약탈자들이 온다!"

　"제국은 도대체 뭣 하는 거야!"

　포를카나의 귀족들은 혼란에 빠졌다. 특히 외곽에 위치한 지방 영주들은 약탈자들에게 노출된 상태였다.

　"전하께선 아직 돌아오시지 않았는가?"

"행방불명인 상태입니다."

"맙소사, 도대체 무슨 일이 생긴 거지. 우리 왕국에⋯⋯."

왕좌는 공백이었다. 바르카는 아직 포를카나로 돌아오지 못했다. 바르카 왕이 죽었다는 소문조차 돌았다. 황제에게 독살당했다는 말도 있었다. 어떤 귀족들은 다미아가 바르카를 저주해 죽였을 거라고 수군거렸다.

"룽겔 공작에게 도움을 청하시오. 지금 왕국을 수호할 사람은 룽겔 공작밖에 없소이다."

지방 영주들은 룽겔 공작에게 서신을 앞다투어 보냈다.

룽겔 공작은 내전에 참가하지 않고 힘을 비축한 대귀족이다. 사실상 바르카 왕이 자리에 없는 지금은 룽겔 공작이 섭정이나 마찬가지였다.

룽겔 공작은 빠르게 귀족회의를 소집해 대책을 논의했다. 국정에 게으른 귀족들조차 약탈자들이 온다는 소식에 말고삐를 부여잡고 회의에 참석했다.

"제국군도 서부의 약탈자를 쫓고 있소. 야만인 놈들이 국경을 넘지 못하게 막아선다면 포를카나와 제국군이 양면에서 놈들을 칠 수 있소이다."

룽겔 공작이 지도를 펼치며 말했다. 귀족들이 웅성거렸다.

"제국군이 오기 전에 놈들을 막을 수 있다면 말이겠죠. 랑케가트도 순식간에 폐허로 만들었고, 제국군조차 놈들을 뿌리 뽑지 못했습니다. 누군가 말하길 약탈자들은 우리와 같은 인간이 아니라는 말도 있더군요."

"싸우기 전에 겁부터 먹으면 승산이 없소, 가르겔 공. 우린 왕국의 역량을 방어에 집중해야 하오. 전하께서 계셨다면 나와 똑같이 생각했을 거요. 이런 중요한 시기에 어디에 계신지 나 원⋯⋯."

룽겔 공작은 겉으론 한탄했으나 속으로는 웃음이 흘렀다.

'바르카가 어디 있는지는 모르나 왕국의 위기에 자리를 비웠어. 이번 위기를 내가 헤쳐 나간다면 귀족과 백성들의 지지가 내게로 모일 터. 왕가를 내 대에서 축출하는 것도 어쩌면 가능해.'

위기가 곧 기회가 된다.

룽겔 공작은 야심 차게 귀족들 닦달해 소집령을 내렸다.

"서부의 약탈자들이 소문처럼 대단한 군대라면 왕국의 모든 군사력을 동원해도 부족할 거요."

평소라면 상위영주나 왕의 소집에도 미적지근했을 귀족들이다. 하지만 지금은 야만인들이 상대였다. 패배하면 포를카나에 남는 게 없었다. 역량을 아끼고 어쩌고 할 처지가 아니었다.

'승리하면 모든 영광이 내 것이고, 실패한다면 포를카나가 망하는 거겠지.'

룽겔 공작이 식은땀 어린 미소를 지었다. 그도 조국이 멸망하길 바라진 않는다. 모든 힘을 다해 방어에 나설 터다.

"태양신 루여, 우리를 굽어살피소서."

조국 포를카나를 지키기 위해 장정이 모여들었다. 자유인들은 세 가구마다 돈을 모아서 선발 전사를 뽑아 무장시켜 보냈고, 땅에 묶인 농노들은 농기구를 들고 허름한 누비옷을 갑옷 삼아 출정했다. 혹은 의기에 가득 차 자진해서 소집령에 응하는 청년도 있었다.

이런저런 사내들이 모여 룽겔 공작 휘하의 병력은 5천을 넘겼다. 집결이 완전히 끝나면 8천에 달하는 병력이 모일 터다.

룽겔 공작은 5천 병력을 먼저 국경에 배치했다. 포를카나의 내륙국경선 대부분이 협곡인지라 야만인들이 침입할 수 있는 경로는 제한되어 있다.

'할 수 있다. 우린 제국군이 올 때까지 버틸 수 있어.'

룽겔 공작은 국경요새에 틀어박혔다. 말을 탄 국경수비대들이 주기적으로 정찰을 오갔다. 야만인 군대가 도착한다면 바로 보고가 들어올 터다.

'진정한 포를카나의 수호자는 나 룽겔 공작이다.'

룽겔 공작은 젊은 시절처럼 야망에 타올랐다. 오랜 인내 끝에 잡은 기회였다. 젊은 왕 바르카는 국정을 잘 이끌어 나갔으며, 룽겔 공작은 그 틈을 비집고 들어가지 못했었다. 바르카는 룽겔 공작에게 틈을 주지 않았었다.

'이번이 어쩌면 마지막 기회일지도 모른다.'

룽겔 공작은 귀족들의 시선을 느꼈다. 자신의 병력을 룽겔 공작에게 맡긴 자들이다. 서부의 약탈자들이 휩쓴 자리로는 아무것도 남지 않는다. 대대로 모은 재물까지 모조리 뺏기고 만다. 귀족들은 자신의 생명과 부를 지키기 위해 전력을 다했다.

"야만인이 왔습니다! 데그리스 평원 방향입니다!"

말을 탄 국경수비대가 황급히 요새 안으로 들어오며 보고했다. 그 보고 한마디에 군대가 술렁였다.

"정말로 왔군. 놈들이 왔어."

"우린 랑케가트와 같은 꼴을 당하지 않을 거요. 우린 단단히 준비를 했잖소."

"하지만……."

"사기가 떨어질 만한 말을 삼가시오."

귀족들도 두려움에 떨었다.

전령이 보고한 지 사흘도 되지 않아서 포를카나의 귀족과 병사들은 서부의 약탈자들과 마주했다. 서부의 약탈자들은 국경 요새에서 육안으로 보이는 거리에 야영지를 건설했다. 1만 전사의 위용은 엄청났다.

'저들은 전원이 숙련된 전사들이다.'

야만군대는 보병에 한해서는 질적인 우위에 있다. 야만군대의 구성원은 평생 사냥을 하고 이웃 부족과 칼부림을 벌이는 전사들이다. 평시에는 밭을 가는 문명세계의 병사와는 달랐다.

"저들이 바로 서부의 약탈자들인가……."

귀족들은 성루에 서서 서부의 약탈자들을 관찰했다.

"당장은 공격할 것 같지 않소."

"휴식을 취하고 공격할 셈인가?"

"그렇게 여유가 있진 않을 겁니다. 제국군이 올 테니까 말입니다."

"언제까지 제국군, 제국군 타령을 할 거요! 포를카나는 우리 손으로 지켜야 하오!"

"하, 그렇게 잘나셨으면 직접 군사를 이끌고 요격을 나가시지요."

귀족들 사이에서도 싸움이 일었다. 그만큼 그들은 불안해했다. 미지의 적이 코앞까지 다가왔다.

"아?"

귀족들이 눈을 동그랗게 떴다. 약탈자 진영에서 말을 탄 전령이 요새 앞까지 접근했다.

'문명인?'

말을 탄 전령은 문명인이었다. 연맹군 내부의 문명인 용병이 전령으로 왔다.

"문명인이 야만인 군대에 속해 있다니! 저, 저 배신자! 당장 죽입시다! 궁수!"

성질이 급한 귀족들이 소리를 내질렀다. 성문 위에 있던 궁수가 얼떨결에 활시위를 당겼다.

룽겔 공작은 한숨을 쉬더니 귀족과 궁수들을 제지했다.

"그만두시오! 전령이 왔다면 이야기를 들어봐야 하지 않겠소! 우린 야만인이 아니라 문명인이오! 정신 차리시오!"

룽겔 공작의 일갈에 공격을 외치던 귀족이 입을 다물었다.

"나는 연맹군의 사자요!"

전령이 성문 앞에서 외쳤다. 그는 언제든 말을 타고 도망갈 수 있게 말고삐를 세게 쥐고 있었다. 그는 금화 셋, 즉 삼십만 길드를 대가로 전령 역할을 맡았다.

"연맹군?"

"약탈자들이 자신을 지칭하는 말인 듯하오."

"연맹군이라니……."

귀족들이 수군거리며 룽겔 공작만을 쳐다봤다.

"연맹군의 수장이자 대족장 유릭은 협상을 원하오! 대족장께서는 정오에 열 명씩 중간지점에서 만나자고 제안했소! 무기는 가져오지 않을 거요!"

마치 문명인 같은 협상제안이었다.

룽겔 공작이 고개를 갸웃했다. 그가 성벽 위에서 전령을 향해 외쳤다.

"우리가 뭘 믿고 위험을 무릅쓰고 협상 자리에 나가야 하는 거지?"

"협상하지 않으면 포를카나가 멸망하기 때문이오. 연맹군은 저항하는 자에게는 잔혹하지만, 항복하는 자에게는 자비를 베푸오."

"자비? 여자를 강간하고 논밭을 불태우는 게 그대들의 자비란 말인가!"

룽겔 공작이 소리를 내질렀다.

"협상에 나오지 않으면 후회할 거요."

전령이 그렇게 말하곤 말머리를 돌렸다. 룽겔 공작은 전령의 말을 곰곰이 곱씹었다.

'유릭?'

분명 어디선가 들은 이름이다. 전령은 대족장 유릭이라고 말했다.

기억이 가물가물했다. 룽겔 공작의 눈이 가늘어지다가 커졌다.

'바르카의 곁에 있던 그 야만인 용병!'

우연히 이름이 같은 것일 수도 있다.

'하지만 정말 동일인이라면? 저 약탈자의 무리를 이끄는 수장이 바로 그 유릭이라면?'

룽겔 공작은 혼란스러웠다. 어쨌든 진의를 확인하려면 협상자리에 나가야 했다.

"협상에 나가겠다! 준비해라!"

룽겔 공작이 소리를 내질렀다. 영향력이 있는 귀족 서넛이 협상에 참가하겠다고 말했다.

삐걱.

정오가 되자 요새의 성문이 열렸다. 룽겔 공작을 비롯해 귀족 네 명과 호위기사들이 말을 타고 나왔다.

"저쪽에서 열 명이 나오고 있습니다."

눈이 좋은 기사가 연맹군 진영을 바라보며 말했다. 연맹군에서도 말을 탄 사내 열 명이 앞으로 나왔다.

타박, 타박.

서로를 경계하며 거리가 가까워졌다. 수군거리는 목소리가 닿을 정도의 거리까지 왔다.

"포를카나의 룽겔 공작이오!"

룽겔 공작을 침을 삼키며 야만인들을 바라봤다. 그들 사이에서 덩치가 큰 사내가 말을 탄 채로 앞으로 나왔다.

"호오, 댁이 지금 포를카나의 수장인가? 파, 아니, 바르카 왕은?"

유릭이 말했다. 룽겔 공작은 눈을 크게 뜨곤 유릭을 살폈다.

'많이 변했지만⋯⋯. 그 야만인이 맞다.'

유릭의 얼굴과 드러난 피부에는 흉터가 빼곡했다. 오른 팔뚝에는 번개자국 화상이 선명했고, 얼마나 많은 싸움이 있었는지 상체를 감싼 흉갑은 여기저기 찌그러져 너덜너덜했다. 그러나 자신만만한 눈동자는 여전히 노랗게 빛나고 있었다.

"으음."

룽겔 공작을 말을 잇지 못했다. 어째서 유릭이 야만군대를 이끌고 포를카나를 침공했을까? 그 과정을 단번에 이해할 사람은 없을 터다.

"아, 기억이 났어. 룽겔!"

유릭도 룽겔 공작을 알아보곤 방긋 웃었다. 그 웃음은 대치하고 있는 적이라고 믿기 힘들 정도로 순수했다.

"당신이 진정 바르카 왕의 친구라면 군대를 물리고 떠나시오. 포를카나는 야만인 군대를 받아줄 수 없소."

룽겔 공작이 경고했다.

"안 돼. 그럴 순 없지. 바르카는 어디 있지?"

"바르카 왕은 지금 행방불명이오. 나 룽겔 공작이 왕의 대리인이지."

"행방불명?"

유릭의 눈동자가 사나워졌다. 여러 생각이 오갔다. 룽겔 공작의 모략으로 죽었을지도 모른다.

"제국에서 행방불명된 거요. 나와는 무관하오."

룽겔 공작이 유릭의 생각을 읽듯 말했다.

"어쨌든 네가 책임자란 말이지……. 길을 열고 우리가 먹을 식량을 한 달 치 제공해라. 그럼 우린 포를카나의 그 무엇도 건드리지 않겠다. 적절한 사례도 하지. 이래 봬도 그간 축적한 재산이 좀 있거든."

유릭의 제안이 포를카나 귀족들이 술렁였다. 그러나 협상자인 룽겔 공작은 안색 하나 바꾸지 않고 유릭을 쳐다봤다.

"마치 우리가 곤궁에 빠진 것처럼 말하지만 제국군에게 쫓기고 있는 건 바로 당신들이지. 이대로 제국군이 도착하면 포위되는 게 누굴까?"

"제국군이 오기 전에 우리가 포를카나를 돌파하지 못할 거라 생각하나?"

"포를카나의 저력을 우습게보지 않는 게 좋을 거요, 야만인 유릭."

싸우지도 않고 영토 통행권을 내줄 순 없었다. 더군다나 상대는 야만인 군대다.

'이 전쟁은 결국 제국이 승리할 거다. 야만인과 협조할 이유는 없어.'

서부의 약탈자가 제국군을 피해 도망 다니는 게 바로 그 증거다. 제국군의 전력은 서부의 약탈자보다 우위에 있다.

'쉽지 않군. 바르카가 나와도 설득할까 말까인데 상대가 룽겔 공작이라니……'

유릭은 목덜미를 벅벅 긁었다. 손톱에 시커먼 때가 끼었다.

'싸우지 않고 포를카나 영토로 들어가는 게 최고다. 여기서 전력을 또 소모하면 제국군과 전면전에서 승산이 더 떨어져.'

그러나 말로는 설득이 불가능했다.

'내가 원하는 대로 협상을 하려면 한 번 정도 두들겨서 겁을 주는 수밖에 없겠지.'

말뿐인 협상은 별다른 진전이 없었다. 유릭은 룽겔 공작을 향해 손가락을 뻗었다.

"오늘 저녁에 공격을 할 거다. 준비해 두라고. 장담컨대 협상할 기분이 생기게 해주지. 내장을 질질 흘리며 엄마를 찾아대는 병사들을 보고 나면 마음이 좀 바뀔 거야."

유릭의 말에 룽겔 공작과 귀족들이 움찔했다.

룽겔 공작은 말을 몰아 서둘러 요새로 돌아갔다. 그는 저녁 공격을 대비해 수성 명령을 내렸고, 기사들이 야만인들이 올 거라고 고래고래 소리를 질렀다. 병사들은 저녁 공격을 대비해 체력을 비축하며 잠을 잤다.

"놈들이다! 놈들이 온다!"

그러나 유릭의 말은 거짓이었다. 유릭은 연맹군 진영으로 돌아가자마자 공격 명령을 내렸다. 약속된 선전포고에 익숙한 문명군대는 당황하며 수성에 나섰다.

'우리의 말을 하면서 문명인처럼 협상을 한다고 방심했어. 놈이 문명인처럼 약속을 지킬 거라 생각했던 내가 병신이었지!'

룽겔 공작도 부랴부랴 갑옷을 입으며 방어에 나섰다.

포를카나의 저항은 룽겔 공작의 장담대로 거셌다. 비탈진 언덕 위에 지어진 요새는 함락이 힘든 고지였다.

"쏴라!"

룽겔 공작이 지저분한 얼굴로 꾸역꾸역 몰려오는 야만인들을 바라봤다. 쇠뇌병들이 2인 1조로 장전과 사격을 반복했다. 저번 내전으로 실전경험을 쌓은 포를카나의 병사들은 만만한 상대가 아니었다.

"그냥 올라갔다간 피해가 크겠는걸."

유릭이 턱을 괴며 전장을 바라봤다. 그가 나팔수에게 후퇴를 명령했다.

후퇴를 알리는 나팔 소리가 들려왔다. 전사들이 방패를 들어 올리며 엉거주춤하게 뒤로 물러났다.

"총공세를 벌이면 함락은 어렵지 않을 겁니다, 대족장."

카타기가 선봉에 설 기세로 외쳤다.

"이번 전투는 피해를 최소화해야 돼. 여기서 피해를 많이 입으면 정작 제국군과 싸울 때 힘을 쓰지 못할 거다."

유릭이 뺨을 긁으며 생각을 했다.

'바르카가 있다면 협상을 해볼 만하다고 생각했는데……'

지금 포를카나 군대의 지휘관은 룽겔 공작이었다. 유릭에 대한 호의가 한 푼도 없는 상대다.

"흠, 아마 저쪽 지휘관은 절대 길을 터주지 않을 거다. 게오르크, 넌 어떻게 생각해?"

유릭이 게오르크를 불러 물었다.

"왕의 공백을 틈타 영웅적인 방어에 성공한다면 입지가 단번에 넓어지겠죠. 포를카나 정도의 왕국에서 저 정도 병력을 뽑아냈다는 건 전 국토의 사내들이 모여들었다는 겁니다. 여기서 우리를 상대로 승리한다면 룽겔 공작은 왕보다 더 인기가 많은 귀족이 되겠죠. 야망이 있는 사내라면 여기서 죽으면 죽었지 항복하진 않을 겁니다."

게오르크는 역사를 아는 자다. 과거를 알면 현재와 미래조차 읽을 수 있다. 문명의 가장 위대한 보물은 바로 기록을 남길 수 있는 문자였다.

"그럼 피해를 감안하고 총공세를 펼칠 수밖에 없다는 거로군. 문명인 용병대를 불러서 공성병기를 준비해."

유릭의 말에 게오르크가 가볍게 고개를 숙였다. 유릭의 오랜 측근이었던 게오르크는 연맹군 내에서 대단한 권력을 누리고 있었다. 문명인 용병 숫자는 2천에 달했고, 그들은 게오르크의 통제를 받았다. 어지간한 부족장보다 더 많은 병력을 가진 셈이었다.

'일개 노예였던 내가 2천의 사내를 거느리고 있어.'

문명세계에서는 있을 수 없는 일이었다. 아무리 노예가 대단하더라도 신분의 한계를 넘진 못한다. 기껏해야 자유인이 되는 정도가 노예로서 누릴 수 있는 최고의 명예였다.

'여기서 나는 대우를 받고 있어. 내 능력에 걸맞은, 아니, 그보다 더 높은 위치에 있다.'

가슴이 벅차올랐다. 무한한 가능성이 보였다.

'유력이 국가라도 세운다면 내가 재상이 될 거야. 나 말고 누가 그런 역할을 맡겠어?'

심장이 쿵쿵 뛰었다. 비록 제국군의 위협이 코앞이었지만 승산이 없진 않았다.

"게오르크, 투석기 조립이 끝났소."

사슬갑옷을 입은 공병이 게오르크에게 말했다. 문명인 용병대는 연맹군에게 없어선 안 될 중요한 병력이었고, 그만큼 대우도 좋았다. 공성전이 끝난 뒤의 전리품 우선권도 상당히 높았다.

"대족장이 공격 명령을 내릴 거다. 그때까지 기다려."

게오르크가 망토를 펄럭이며 용병 사이를 오갔다. 노예부터 제국의 탈주병까지 고루고루 섞인 부대다.

게오르크는 용병들의 시선을 충분히 끌고 연설했다.

"우린 용병이다! 일한 만큼 먹고, 싸운 만큼 가진다! 능력이 있으면 그만한 대우를 받을 것이다! 가지고 싶은 게 있다면 그만큼 싸워라! 전공이 있다면 금이든 은이든 원하는 만큼 가질 수 있다!"

게오르크는 능력주의와 평등을 강조했다. 자신이 노예 출신 이었기에 더욱 그러했다.

"오우!"

그간 보상으로 사기가 오를 대로 오른 용병들이 소리를 내질렀다.

"문명인이라는 명예가 빵을 주더냐! 술을 주더냐! 우린 우리에게 돈을 주는 사람을 따른다! 귀족들은 우리가 가진 것을 지금까지 빼앗았으니 이젠 우리가 뺏을 차례다!"

게오르크는 귀족들을 노골적으로 적대하는 말을 했다. 하층민이 대부분인 용병들의 적의를 끌어내서 하나로 뭉쳤다.

게오르크의 말솜씨는 현란하면서도 누구나 쉽게 이해할 수 있었다. 문명세계를 배신했다는 죄책감마저 명쾌하게 덜어냈다.

'우린 문명세계를 배신한 게 아니라 귀족들에게 복수를 하는 거야. 우리에게 빼앗기만 했던 귀족들에게 복수를!'

용병들은 그리 생각하며 투석기에 돌을 얹었다.

"후우."

게오르크가 물통을 들어 칼칼한 목구멍을 적셨다. 그는 고개를 돌려서 포를카나의 국경요새를 바라봤다.

'저기도 곧 아수라장이 되겠군.'

항복하지 않은 자들의 말로는 지금까지도 실컷 봤다.

투석기를 미는 사내들의 얼굴이 벌겋다.

끼릭, 끼릭.

투석기 이십여 기가 사정거리까지 전진했다. 공성기술자들이 투석기를 땅바닥에 고정했다. 투석기 운용만큼은 제국군 정예 수준이었다. 일찌감치 공성병기의 중요성을 깨달은 연맹군은 공성기술자와 공병들에게는 금화와 은화를 상자째로 지불했다.

"당겨! 웃차! 웃차!"

연맹군의 투석기 운용에는 최소 오십여 명의 인력이 필요했다. 그들은 무게추를 힘껏 잡아당겨 투석기를 장전했다.

투석기의 등장에 가장 당황한 건 포를카나의 병사들이었다. 성벽 위에 있던 병사들이 비명을 질렀다.

"투석기입니다!"

"어째서 야만인들이 투석기를 운용하는 거지?"

룽겔 공작도 눈을 동그랗게 떴다. 투석기 운용은 하루아침에 배울 수 있는 게 아니었다. 전문 인력이 필요한 일이다.

쾅!

돌덩어리가 성벽 위를 부수며 지나갔다. 돌덩어리에 맞은 병사는 비명도 지르지 못하고 핏덩어리가 되었다.

"고개를 숙여라! 숙여!"

투석기 공격에 병사들이 얼굴을 숙였다.

콰직!

돌덩어리들이 계속 성벽을 두들겼다.

"으으으, 끝장이야. 우린 전부 죽을 거라고."

포를카나 병사들의 사기가 급격히 떨어졌다. 관문 용도로 지어진 국경요새의 성벽은 투석기 공격을 버틸 정도로 튼튼하지 않았다.

"공격이 멎었다! 이틈에 성벽을 보수해!"

기사들이 소리를 질렀다. 병사들은 요새 안의 건물들을 헐어서 그 자재로 성벽을 메꿨다. 그들은 두려움에 가득 찬 눈으로 약탈자들을 바라봤다.

'왜 당장 공격하지 않는 거지?'

룽겔 공작은 성벽 위로 조심스레 고개를 들었다. 투석기 공격을 퍼붓던 약탈자들은 고요했다.

따각, 따각.

말을 탄 나그네가 두 군대 사이를 가로질렀다. 자칫하면 애꿎은 공격에 죽을지도 모르는 상황이었다.

"공격을 멈춰."

유릭이 손을 들어서 상황을 지켜봤다.

두건을 눌러쓴 나그네가 요새의 성문 앞까지 붙었다.

"두건을 벗어라!"

성문을 지키는 기사가 쇠뇌를 겨누며 외쳤다. 말을 탄 나그

네가 천천히 두건을 뒤로 젖혔다.

"책임자에게 왕국의 주인이 왔다 전해라."

지저분한 차림과 꾀죄죄한 얼굴이었지만 기품만은 눈동자에 깊이 박혀 있었다.

기사가 눈을 크게 뜨곤 헐레벌떡 성벽 아래로 내려갔다.

"전하께서 오셨다! 왕국의 주인! 바르카 바누 포를카나가 왔다!"

기사의 외침은 병사의 입을 타고 단번에 요새 전체로 퍼졌다. 그들의 왕이 위험한 전장을 가르고 왔다.

"바르카 전하가?"

룽겔 공작의 표정은 미묘했다. 바르카의 등장이 반가우면서도, 기회가 날아갔다는 아쉬움이 들었다.

"지금 요새의 책임자는 누군가?"

바르카가 더러운 외투를 벗어 던지며 말했다. 그는 하인에게서 물수건을 받아 들어 시커먼 얼굴을 쓱쓱 닦았다. 푸른 눈동자에 서린 고귀함에 병사들이 무릎을 꿇었다.

"오오, 전하!"

"바르카 왕께서 오셨다! 무릎을 꿇어라!"

마치 구원자를 만난 듯했다. 왕의 등장에 병사와 기사들의 사기가 잔뜩 올랐다.

"룽겔 공작입니다, 전하."

"상황을 보고해라! 룽겔 공작! 요새의 지휘는 지금부터 나 바르카 바누 포를카나가 맡는다!"

바르카는 요새 안을 넓게 돌며 자신의 등장을 알렸다. 최악의 상황인데도 왕의 얼굴에는 여유가 있었다. 희망이 병사들 가슴에서 샘솟았다.

"전하, 제국에 가신 뒤로 소식이 끊겨 걱정했습니다."

갑옷을 입은 룽겔 공작이 다가왔다.

"걱정은 무슨. 마음에도 없는 말은 맙시다, 공작. 지금은 포를카나를 지키는 게 더 중요하죠."

바르카가 따갑게 말했다. 룽겔 공작은 어깨를 으쓱했다.

'후, 저놈이 객사라도 했으면 좋았을 텐데. 루여, 제게 왕좌는 결코 없는 겁니까?'

룽겔 공작의 야망은 끝났다. 방어는커녕 결정적인 순간에 바르카가 거짓말처럼 도착했다.

'왕좌는 노력으로 얻는 게 아니라 루께서 내리는 거지.'

그 말의 의미를 룽겔 공작은 실감했다. 노력만으로는 왕좌를 얻지 못한다.

"상세히 보고하시오. 하나도 빠짐없이."

바르카가 귀족들을 모아두곤 말했다. 시간이 별로 없었다. 언제 약탈자들이 다시 공격할지 모른다.

바르카는 숨을 돌리며 눈 밑을 꾹꾹 눌렀다. 잠도 말 위에서 자다시피하며 쉬지 않고 포를카나 왕국까지 왔다.

'최악의 상황이로군. 공격개시 전에 도착했으면 좋았으련만.'

포를카나가 공격받는다는 소식은 피난민들로부터 들었다.

"야만인들은 우리에게 길을 열고 식량을 제공하라 했습니다. 있을 수 없는 일이죠."

귀족들이 아우성쳤다. 바르카는 혼란스러운 회의장 속에서 룽겔 공작을 바라봤다.

"약탈자들의 지휘관 중에 유릭이 있던가?"

바르카가 그리 말하자, 룽겔 공작이 눈을 크게 떴다.

'어떻게 알고 있는 거지?'

룽겔 공작은 고개를 끄덕이며 긍정했다.

"지휘관 수준이 아니라 약탈자 무리를 이끄는 수장입니다. 은혜도 모르는 야만인 유릭이 우리를 공격했습니다!"

귀족들이 하나같이 유릭의 이름을 입에 올리며 욕설을 내뱉었다.

'은혜를 모를 것까지야 없지.'

애초에 은혜를 입은 건 바르카였다. 하지만 그 절친한 야만인 유릭이 포를카나를 침공한 것도 사실이다.

'하필이면 왜 우리를 친 거냐, 유릭.'

그 대답은 본인에게 들어야 한다.

"야만인들에게 전령을 보내시오. 협상을 다시 합니다."

바르카가 머리를 비스듬히 옆으로 기울이며 말했다. 그의 눈동자가 귀족들의 당혹스러운 표정을 바라봤다.

"협상이라니요! 전하! 이미 저들과 우린 피를 흘렸습니다!"

귀족들의 반발에 바르카는 메마른 입술을 열었다.

"경들은 제가 왜 비렁뱅이 꼴로 여기까지 오게 됐는지 알고 계십니까?"

바르카의 목소리가 나이답지 않게 중후했다.

상황이 혼란스러워 아무도 지적하지 않았지만, 왕의 행방불명은 대단한 사건이었다. 그 전말을 아는 사람은 이 자리에 바르카밖에 없었다.

"나 바르카 바누 포를카나는 황제에게 억류되었다가 간신히 탈출했습니다. 나와 함께했던 수행원들은 이미 루의 곁으로 돌아갔겠죠."

충격적인 말이었다. 귀족들이 웅성거리며 자기네들끼리 떠들었다. 누구 하나 섣불리 추측하진 않았다.

'제국이 우리의 적이 된 건가?'

'어째서 황제가 전하를 가둔 거지?'

귀족들은 바르카의 다음 말이 나오기까지 기다렸다.

"황제 안키누스는 포를카나와 나를 믿지 않았습니다. 왕인 나를 수도에 잡아두려고 했죠. 물론 제국과 손을 다시 잡는다면 기꺼이 황제는 우리를 받아들일 겁니다. 하지만 왕을 억류

해서라도 포를카나를 자신의 뜻대로 움직이려는 게 황제입니다. 여기서 제국과 손을 잡아 야만인을 물리치더라도 이에 대해서는 우린 그 어떤 항의도 하지 못할 겁니다. 몽둥이로 두들겨 맞더라도 개처럼 꼬리를 흔들며 충성할 뿐이죠."

자존심의 문제였다. 왕이 억류당해도 한마디 항의조차 못한다. 반제국 성향이 강한 귀족들은 입을 모아 제국을 욕했다.

'친제국파인 바르카 왕조차 제국에게 모욕을 당했다.'

어찌 보면 야만인보다 더 오랜 숙적이 바로 제국이었다. 그들이 이 땅을 정복한 게 고작 오십여 년 전의 일이었다.

"우린 선택해야 합니다. 시간은 많지 않습니다. 존경하는 포를카나의 수호자들이여, 어느 쪽을 택하든 우린 명예와 자존심을 잃을 겁니다."

바르카가 푸른 눈을 게슴츠레하게 뜨며 귀족들의 반응을 기다렸다.

포를카나와 연맹 간의 전투는 소강상태로 접어들었다. 연맹군은 다음 공격을 준비하며 포를카나의 국경요새를 쳐다봤다.

"제국군과 조우까지는 열흘 정도입니다."

게오르크가 지도를 보며 유릭에게 말했다.

"그 전에 끝내야 한다는 말이로군."

"왜 공격을 멈춘 겁니까? 유릭."

"아니, 뭔가 찜찜해서. 사람 하나가 저쪽 요새로 들어가는 걸 봤거든."

"제국군의 전령이 아닐까요?"

"글쎄, 곧 답이 나오겠지."

유릭이 요새를 쳐다보며 웃었다. 곧 요새의 문이 열리면서 포를카나의 전령이 말을 타고 연맹군에 접근했다.

"우린 재협상을 요구하오."

말을 탄 전령이 멀찍이서 그리 말했다.

"재협상? 협상을 거부한 건 그쪽일 텐데? 이제 와서 자비를 베풀어달라는 건가? 그건 괘씸해서 안 되지."

유릭이 도끼를 빙글빙글 돌리며 빈정거렸다. 전령은 사색이 된 표정으로 입술을 파르르 떨었다.

"자비, 자비를 기억하십쇼, 유릭."

유릭 곁에 있던 태양사제 고트발이 황급히 말했다. 그는 어떻게든 평화롭게 일을 해결하고 싶어 했다. 지금 시대에는 많은 사람들이 고통에 신음하고 있었다. 협상은 신음하는 인세의 고통을 잠시 멈출 열쇠였다.

"협상에는 포를카나의 주인, 바르카 전하가 나올 거요. 그렇게 말하면 협상에 응할 거라 전하께서 말씀하셨소."

전령이 말고삐를 잡으며 주변을 빙빙 돌았다. 언제든 도망갈 수 있도록 말의 다리가 쉬지 않았다.

"하! 그놈이 역시 바르카였군! 느낌이 예사롭지 않더니!"

갑자기 유릭이 손뼉을 치며 크게 웃었다.

"나도 당신을 기억하고 있소, 용병대장 유릭."

전령이 눈을 가늘게 떴다. 유릭은 빙글빙글 돌리던 도끼를 집어넣으며 손을 뻗었다.

"협상에 응하겠다. 인원과 시간은 저번과 똑같이."

"알겠소. 똑같이."

전령은 말이 끝나자마자 서둘러 요새로 돌아갔다. 그의 얼굴에는 땀이 줄줄 흘러내렸다.

"게오르크! 카타기! 휴식이다! 전사들에게 술과 고기를 풀어서 충분히 먹이고 쉬게 해."

카타기가 의문스러운 표정으로 유릭에게 접근했다.

"대족장, 그렇게 대놓고 휴식을 취하다가 놈들이 급습한다면……."

"괜찮아. 오늘 밤엔 전투가 없다."

유릭이 확신하며 말했다. 그는 다리를 뻗고 오랜만에 잠을 늘어지게 잤다. 그의 장담대로 그날 밤은 전투가 없었다. 눈앞에서 전사들이 술과 고기를 마시며 연회를 벌이는데도 포를카나의 군대는 얌전했다.

포를카나의 귀족 중 일부는 연맹군의 연회를 보며 공격해야 한다고 말하기도 했다. 술에 취해 늘어진 군대라면 격파할 수 있을 거란 생각도 들었다.

"내 보증을 믿고 휴식을 취하는 건가……."

바르카가 성루에 앉아서 반짝이는 야만인 진영을 바라봤다. 그들의 노랫소리가 성루까지 들려왔다.

'나에 대한 신뢰인가, 아니면 함정인 건가……'

바르카는 쓰게 웃었다. 유릭과 헤어진 지 시간이 많이 흘렀다. 4, 5년이 흐른 지금도 같은 사람일까?

'내가 변한 만큼 유릭도 변했겠지. 우린 계속 성장하고 있었으니까.'

바르카도 유릭도 과거에는 소년에 불과했다. 유릭도 끽해야 스물이 넘지 못한 덩치 큰 야만인이었다. 지금의 바르카와 유릭은 누가 뭐래도 성인이었다.

'어른은 행동의 제약이 많아.'

더 이상 자유롭지 못했다. 마음이 이끄는 대로 행동하기에 책임져야 할 것들이 너무나 많았다. 어른이 된다는 건 그런 것이었다. 무한했던 가능성은 좁아지고, 남들의 기대에 부응해야 할 의무가 있다.

삐걱.

바르카가 은제 술잔에 입을 댔다. 생강을 넣고 데운 포도주였다. 몸이 따스해지면서 잠이 몰려왔다. 그간의 피로가 눈꺼

풀을 짓눌렀다.

'피곤하군.'

별다른 재주도 없는 청년이 홀로 포를카나까지 왔다. 야영을 하다가 몇 번이나 강도를 만날 뻔했으며, 제국의 기사들을 피해 인적이 드문 곳을 골라 다녔다.

'필리온 경과 유릭과 여행했던 경험이 없었다면 분명 객사했겠지.'

바르카 또래의 귀족이나 왕족이 홀로 여행을 다니면 열에 아홉은 멀쩡하게 집으로 돌아가지 못할 터다.

"레즐리……."

그녀에겐 몹쓸 짓을 했다. 종종 죄책감이 들었다.

'하지만 또 그런 상황이 오더라도 똑같이 행동할 거다. 그게 최선이었으니까.'

바르카는 비틀거리며 자신의 간이천막으로 돌아갔다. 마주친 병사와 기사들이 바르카를 보며 고개를 숙였다.

'저들은 나만 믿고 있어. 내가 자신들을 구해줄 거라고 믿고 있지. 죽어서는 루의 구원을 바랄 수 있지만, 현세에서 저들이 믿을 건 나밖에 없다. 저들의 생사는 내 손가락 끝에서 결정돼.'

바르카는 생명의 무게와 책임을 이해하는 왕이었다. 사람은 도구가 아니다. 하나하나가 감정이 있고 사연이 있는 인간이었다.

'나는 포를카나의 주인이며 아버지다.'

바르카는 자신의 침대에 들어가자마자 죽은 듯이 잠들었다.

스스스.

시간이 흘렀고, 새벽의 냉기가 바르카의 몸을 간지럽혔다. 바르카는 조용히 눈을 떴다.

조촐한 식사를 하고, 경건하게 아침기도를 올렸다. 천막으로 돌아가니 종자가 갑옷을 손질하며 바르카를 기다리고 있었다.

철컥.

갑옷을 걸친 바르카는 사슬두건을 뒤로 넘기곤 말에 올라탔다. 갑옷 위에 걸친 외투에는 포를카나의 낚싯배 문장이 선명했다. 흔들리는 망토는 말의 엉덩이까지 가릴 정도로 길었다.

"바르카 전하!"

"부디……."

바르카가 말을 타고 지나가자 병사들이 기도하듯 수군거렸다. 룽겔 공작과 기사들도 바르카의 뒤에 따라붙었다.

"성문을 열어라!"

기사가 외치자 병사들이 도르래를 풀었다.

끼이이익!

성문이 내려오며 다리가 되었다. 바르카가 말을 몰아 먼저 밖으로 나갔다.

따각, 따각.

말굽소리만 조용히 퍼졌다. 정오가 되자 연맹군에서도 열

명의 사내가 말을 타고 나왔다.

딱.

말들이 섰다. 양측의 협상자들이 서로를 마주 보며 관찰했다.

"몰라볼 뻔했어."

유릭이 먼저 입을 뗐다.

"얼굴이 더 험악해졌네. 여자들이 얼굴만 보고 도망가겠는걸?"

바르카가 옅게 웃었다. 그의 눈동자는 유릭의 얼굴을 응시하고 있었다.

'그동안 전장에서 얼마나 더 구르고 다닌 거지?'

유릭은 바르카가 처음 봤을 때부터 흉터가 빼곡한 전사였다. 시간이 지난 지금은 그때보다도 더 흉터가 많았다. 화상자국도 팔뚝과 목덜미를 따라 얼룩덜룩했다. 저런 상처들을 입고 살아 있는 게 기적이었다.

"뭐, 이러나저러나 협상부터 시작하자고, 파헬."

유릭이 팔짱을 끼며 턱짓을 했다. 반갑다고 얼싸안을 상황이 아니었다. 두 사람은 수가 틀리면 서로 칼을 겨눠야 하는 사이였다.

"그쪽의 요구는?"

"처음과 같다. 길을 열고 식량을 제공해. 그러면 그 어떤 약탈도 없을 거다. 내 부족과 이름을 걸고 맹세하지."

"그게 얼마나 무리한 요구인지는 너도 잘 알잖아. 너희를 영토 안으로 들이는 순간부터 우린 제국과 등을 돌리는 거다. 제국과 황제는 내게 왕좌를 선물했어."

"나도 그 왕좌를 찾는 데 한몫 거들었잖아."

유릭이 고개를 옆으로 삐딱하게 기울였다. 그의 샛노란 눈동자가 바르카를 빤히 쳐다봤다.

"제국만이 문제가 아니야. 야만인에게 굴복해 길을 열어준다? 포를카나의 체면과 명예는 말이 아니지. 세상 사람들이 전부 비웃을 거다."

"그럼 포를카나도 랑케가트와 같은 길을 걸어야 하겠지."

유릭이 입술을 씰룩였다. 그 말에 룽겔 공작과 기사들이 인상을 찌푸렸다.

'널 위해 물러날 순 없어. 형제들의 목숨이 내 결정에 달려 있다.'

바르카도 마찬가지였다. 친구라고 조건을 양보할 상황이 아니었다.

"둘이서 이야기하겠다! 뒤로 물러나라!"

바르카가 룽겔 공작과 기사들을 향해 손바닥을 뻗었다.

"위험합니다! 전하! 저자는 맨손으로도 사람의 목을 부러뜨리는 야만인입니다!"

"내가 여기서 죽으면 공작께서 지휘권을 얻는 데다가 병사들이 분노해 사기도 오를 테니 오히려 이득이 아니겠습니까!"

바르카가 그리 말하며 웃었다. 그는 태연하게 말을 몰아서 유릭 가까이 접근했다. 유릭도 주변의 전사들을 뒤로 물리곤 혼자서 앞으로 나왔다.

서로의 숨소리가 들릴 정도로 거리가 가까웠다.

"이야, 여기서 네 목을 잡아서 질질 끌고 가면 되겠는걸? 왕을 인질로 삼으면 저놈들도 길을 열어주겠지?"

유릭이 어깨를 주무르며 팔을 빙글빙글 돌렸다.

"형편없는 계획은 집어치워. 그전에 내가 혀를 깨물고 죽을 테니까."

바르카가 헛바닥을 내밀며 웃었다.

"이런 상황이 돼서 미안해. 하지만 여기서 물러날 순 없어. 평원에서 제국군과 마주치면 솔직히 이길 자신이 없거든. 제국의 땅들은 죄다 평지라서 싸울 만한 곳이 없어."

"농사짓기 좋은 땅은 제국인들이 다 먹었거든. 속국들이나 산을 끼고 있지."

"저 요새로는 내 군대를 막지 못해."

"막진 못해도, 운이 좋다면 제국군이 올 때까지 버틸 순 있겠지. 그러니까 너도 협상이라는 패를 꺼내 든 거잖아."

바르카가 정곡을 찔렀다. 과거의 어리숙한 소년은 없었다.

"떠보는 건 그만두고 네가 가진 패나 꺼내봐, 파헬."

"패를 꺼내는 건 그쪽부터."

유릭의 이마에 핏줄이 돋았다. 그는 주먹을 불끈 쥐었다.

"네가 내 친구가 아니었다면 방금 골통을 쪼개 버렸을 거다. 내가 가진 패가 얼마나 있을 것 같아? 포를카나를 통과하느냐 마느냐 이게 전부야."

"아니, 그보다 더 미래를 말하자는 거야. 넌 제국과 어디까지 갈 셈이지?"

"뭐?"

"말했잖아. 너희를 통과시키는 순간부터 포를카나는 제국과 척을 지는 거다. 나중에 너만 목적을 달성하고 싹 빠지면 포를카나만 고립되는 거야. 우린 확답이 필요해."

유릭의 표정이 밝아졌다. 바르카는 국경진입을 긍정적으로 검토하고 있었다.

바르카와 황제의 사이는 이미 금이 갔다. 과거를 잊고 다시 뭉친다 해도 결국에는 끝이 좋진 않을 터다.

'유릭은 내가 이미 황제와 멀어졌다는 걸 모른다. 최대한 그걸 이용해서 많은 걸 뜯어내야 돼.'

바르카가 유릭의 사소한 표정과 손동작을 관찰했다. 유릭은 속과 겉이 크게 다르지 않기에 읽기 쉬운 사내였다.

"제국이 서부를 향후 백 년은 넘보지 못하게……. 사실 아예 무너뜨리면 더욱 좋지. 내 생각으로는 일곱 왕국이 해방까지 갈 생각이야. 북부의 왕국도 건설되면 좋은 거고. 그 정도만 해도 서부에 신경을 쓰지 못하겠지."

유릭이 손가락을 하나씩 접으며 말했다.

"그게 무슨 의미인지 알아? 문명세계의 질서를 파괴한다는 소리다. 왕국들이 독립하면 지금보다 전쟁이 잦아질 거야. 포를카나도 이웃 왕국과 제국의 위협으로부터 스스로를 지켜야 겠지. 군사력 증강에 많은 돈을 써야 돼."

"사실 그건 내 알 바가 아니지만……. 너한테는 중요하겠네."

유릭이 턱을 긁적였다.

"방위조약을 약속해. 이번 전쟁이 끝나고부터 10년이다. 포를카나의 모든 방어전쟁에 서부의 군대가 참전한다는 조건이야. 그리고 오백 명의 전사는 용병으로 포를카나령에서 10년간 상비군으로 체류. 그 체류비용은 네가 지불해야 돼. 지원병력의 규모는 최소 5천. 이것도 대단히 양보한 거야. 10년 동안네가 살아 있거나 그 군대가 유지될 거란 보장도 없지."

바르카 일생일대의 도박이었다. 바르카가 제안한 조약이 성사된다면 장기적으로 볼 때 굉장한 이득이었다. 잘 훈련된 오백의 전사를 10년간 무료로 빌리는 셈이었다. 만약 서부의 약탈자가 성공적으로 제국에게 큰 타격을 주는 데 성공한다면, 그 후광조차 방위조약으로 포를카나가 빌릴 수 있었다.

'난 궁지에 몰려 있어.'

제국과 다시 손을 잡아도 협력관계가 불안하게 유지될 터다. 유릭과 손을 잡아도 미래가 불안한 건 마찬가지였다.

'그래도 나는 황제보다는 유릭을 믿어……'

바르카의 저울이 미묘하게 기울었다. 만약 유릭과의 개인적
인 관계가 없었다면 불안하더라도 다시 황제와 손을 잡았을
것이다. 신용이 없는 야만인을 믿고 조약을 맺는다는 건 있을
수 없는 일이었다.

'유릭은 내게 있어서 그냥 야만인이 아니니까. 믿을 수 있는
친구지.'

바르카의 입술과 손가락이 떨렸다.

'내 친분 때문에 왕국의 운명을 이렇게 결정해도 되는 걸까?
정말로 나는 중립적으로 왕국을 위한 선택을 한 걸까? 그냥
유릭을 믿고 싶어서 바보 같은 선택을 한 게 아닐까? 만약 제
국이 별다른 피해도 입지 않고 모든 분쟁을 종식시킨다면?'

제국이 이긴다면 바르카는 유폐될 것이고, 포를카나는 끔
찍한 수탈에 시달릴 터다. 황제 얀키누스의 잔혹함은 그 누구
보다 바르카가 잘 안다.

"내 똑똑이 참모에게 물어봐야겠지만, 내가 생각해도 길을
열어주는 정도로는 좀 과한 조건인데? 이번 전쟁 동안 포를카
나가 우리를 도와 싸운다고 생각해도 될까? 동맹 말이야, 동맹."

유릭이 이를 드러내며 손을 내밀었다.

'루여, 부디 제 사명과 운명을 도와주시옵소서. 당신이 제게

동대륙을 찾으라고 명했기에…… 포를카나가 무너지지 않을 거라 믿습니다. 제 선택이 옳았음을 증명해 주시옵소서.'

바르카가 눈을 감으며 기도했다. 천천히 눈을 뜬 그가 손을 뻗어 유릭의 손을 잡았다. 두툼한 손은 여전히 거칠었다.

"파헬, 솔직히 말해서 네가 아무런 조건 없이 나를 도와주지 않을까? 라고도 생각했었어."

"그래서 원망해? 넌 예전에 몇 번이나 목숨을 걸고 나를 도와줬었지. 나도 너를 위해 당연히 그래야 하겠지만…… 지금은 내게 목숨보다 중요한 게 있어. 이 왕국과 사람들이지."

"필리온이 들으면 좋은 왕이 되었다고 기뻐할 거야."

악수를 끝낸 두 사람이 뒤로 빠졌다. 유릭은 게오르크를 불러서 서류작성을 준비시켰다.

돌아온 바르카의 말을 들은 룽겔 공작은 야만인과 협약이라니 말도 안 된다고 날뛰었으나, 조약의 내용을 듣더니 눈을 크게 뜨며 턱을 매만졌다.

순조롭게 계획대로만 된다면 포를카나가 강대국으로 도약할 수 있을지도 모른다. 이러나저러나 룽겔 공작도 포를카나라는 배를 탄 귀족 중 하나였다. 포를카나의 부흥은 룽겔 공작에게도 이득이었다.

제국군의 행렬이 길게 이어졌다. 드넓은 제국의 평야를 따라 이동하는 군대는 장관이었다. 그 선두에는 머리의 새치가 희끗한 노장이 있었다.

기사들이 대개 그렇듯이 노장 카르니우스도 원래 나이보다 열 살은 더 많아 보였다. 1년 사이에 더 바싹 늙어서 얼굴만 본다면 칠십을 훌쩍 넘은 노인 같았다. 그러나 풍채 좋은 어깨와 뒷모습에는 장년의 날카로움이 살아 있었다.

따각, 따각.

카르니우스가 이끄는 군대의 전투병은 2만이다. 보급부대까지 합하면 그 숫자는 4만이 넘었다. 일개 장군이 홀로 지휘하기에는 과분한 숫자였다. 병사의 신임을 얻는다면 반란도 생각해 볼 만한 병력이었다.

반황제파에 속한 카르니우스에게 그만한 병력이 떨어졌다. 황제가 그만큼 이번 전쟁에 신경을 쓴다는 뜻이었다.

"장군, 약탈자들이 포를카나의 국경에 도착했다고 합니다. 행군 속도를 올리는 게 좋을 듯합니다."

서신을 받아 든 부관이 말했다. 카르니우스는 고개를 좌우로 저었다.

"서두르지 마라. 어차피 야만인들은 궁지에 몰렸다. 천천히 조여가면 돼."

카르니우스는 신중했다. 이번 전투에서도 약탈자를 몰아내지 못하면 제국은 총력전에 가까운 전투를 벌여야 한다.

'제국도 여유 있게 동원할 수 있는 병력은 이 정도까지다.'

북부전선에 3만 정도의 전투병력이 있을 터다. 카르니우스가 이끌고 있는 전투병력이 2만. 보급병력까지 합하면 10만이 넘는 인력을 동원하고 있었다.

제국군은 비전투인원이 전투병만큼 필요했다. 방어군대인 그들이 문명세계의 땅을 약탈할 순 없었다. 현지약탈보급과 자급자족을 하는 야만인 군대와는 달랐다.

'이 이상의 병력을 짜내면 국력손실로 이어진다.'

10만 인력을 동원하는 제국의 손실은 어마어마하다. 3대에 걸쳐 속국과 야만인들을 쥐어뜯어 부를 축적한 제국이기에 사회적 혼란 없이 인력동원을 감당할 수 있었다.

황제 얀키누스도 지금의 병력만으로 최대한 빨리 전쟁을 끝내고 싶어 할 터다.

"후우, 정말로 깡그리 쓸어갔군."

카르니우스가 폐허가 된 마르가뉴 지방을 둘러봤다. 서부의 약탈자들은 수확기까지 버틸 식량마저 싹싹 털어간 데다가 논밭에 불을 질렀다.

'마르가뉴에서는 내년 가을까지 식량을 자급자족하지 못해.'

곡창지대 마르가뉴의 피해는 제국에게도 꽤나 큰 타격이었다. 그 피해는 고스란히 제국의 곳간이 부담해야 했다.

"마르가뉴에는 남은 병력이 없습니다. 무기를 들 만한 사내들은 죄다 죽었습니다. 오히려 우리에게 치안병력을 요구하더군요."

징집하러 갔다 온 기사가 보고했다.

"야만인 토벌이 끝나면 병력을 따로 보내겠다고 말해라."

카르니우스의 2만 병력 중 1만은 군단편제였다. 그렇게 편제한 2개 군단은 카르니우스 군대의 핵심이었다.

나머지 1만은 용병과 징집병, 노예병 같은 무리들이었다. 그들은 사기도 낮고 규율도 형편없어서 그저 머릿수를 채우는 용도다. 전황이 밀리면 금방 도망갈 자들이라서 중요한 순간에 투입할 수 없는 자들이다.

카르니우스의 군대는 마르가뉴를 지나서 포를카나의 국경지대로 향했다.

"바리칸 경, 하루 거리를 앞서가게."

카르니우스는 경기병으로 정찰을 보냈다. 야만인들의 야영지 흔적이 여기저기 남아 있었다

서부의 약탈자들은 그 숫자가 약 1만이었다. 숫자로 따지면 제국군보다 적었지만, 대부분이 숙련된 전투병이었다. 제국의 장비와 병기를 적극적으로 노획해서 사용했기에 무장의 수준도 상당했다.

"장군, 황제폐하의 전령입니다."

카르니우스가 뒤를 보며 눈을 가늘게 떴다. 황제의 직속전령이 서신을 카르니우스에게 전했다.

카르니우스는 자색독수리 인장이 찍힌 서신을 뜯었다. 그는 눈을 찌푸리며 글자를 읽어갔다.

"……생각보다 북부전선의 교착이 길어지나 보군."

서신을 읽은 카르니우스가 중얼거렸다. 그는 서신을 품에 갈무리하곤 진군을 명했다.

'폐하께서는 진심이신 건가?'

카르니우스는 서신의 내용을 상기하며 눈을 가늘게 떴다. 이 서신대로 된다면 문명세계의 판도가 변할지도 모른다.

Chapter 2

포를카나의 요새가 열렸다. 병사들은 성벽과 망루에서 야만인들을 쳐다봤다.

"도대체 전하께선 무슨 생각으로 야만인들을……."

"쉿, 조용히 하시오. 룽겔 공작도 동의했지 않소."

"하지만 야만인과 동맹을 맺는다니? 그게 말이나 되는 소리요? 머리에 든 게 있는 사람들이라면 다들 포를카나를 비웃을 거요."

귀족과 기사들이 웅성거렸다. 정치에 무지한 사람이 보더라도 지금의 상황이 심상치 않다는 걸 알았다.

지금까지 야만인과 문명인은 적이었다. 아무리 문명인끼리 전쟁을 벌이더라도 야만인이 나타나면 힘을 합쳐 싸우곤 했다. 어디까지나 공공의 적은 야만인이었던 셈이다.

'야만인과 손을 합쳐 제국과 싸운다.'

포를카나의 병사들은 충격을 받았다. 하지만 전례가 없었을 뿐이지 곰곰이 생각하면 이상할 것도 없었다. 어디까지나 최초의 침략자는 제국군이었고, 해안국가 포를카나는 야만인과 국경을 맞댄 적이 없었다.

'서부의 약탈자를 문명인 국가라고 본다면 완벽한 동맹이다.'

정치 감각이 있는 귀족들은 신중하게 말을 가렸다.

하늘산맥 너머의 야만인들은 아무리 확장을 하더라도 동부의 포를카나와 국경을 맞댈 일이 없다. 국경분쟁으로 서로의 심기를 거스를 일도 없다는 뜻이다.

"문제는 저들이 야만인이며, 언제 와해될지 모르는 부족국가라는 거지. 그 잘난 북부도 수장인 미요른이 죽자마자 부족들이 뿔뿔이 흩어졌소. 여러모로 신용을 보장할 수 없는 동맹이라는 거지."

연맹은 땅과 봉건제가 있는 왕국과는 다르다. 연맹의 체제는 문명인이 보기에 상당히 불안했다.

"다행인 점은 연맹군의 수장이 그 유릭이라는 점이오."

"유릭?"

"포를카나 내전에 참전했던 용병대장 유릭 말이오. 전하와 절친한 사이이며, 문명세계에서 용병대장 노릇을 할 정도로 유능한 야만인이지."

"왕족과 절친한 야만인이라니 농담이었으면 좋겠군."

"랑케가트 왕국조차 파괴한 군대의 수장이오. 제국군과 대등하게 싸웠던 군대가 포를카나의 우군이라면 독립도 무리가 아니지!"

독립이라는 말에 귀족들이 눈을 크게 떴다. 오랫동안 포기하고 있었던 염원이었다.

바르카 왕은 황제의 도움을 받아 왕좌에 올라섰다. 적어도 바르카 왕이 살아 있는 동안은 제국의 손에서 벗어나지 못할 거라 생각했다.

"전하께서는 포를카나의 독립을 노리시는 건가?"

"야만인 군대와 손을 잡았으니 당연하지 않겠소. 이미 우린 제국과 척을 진 셈이오."

"맙소사, 제국을 적대하다니! 그 제국을……"

이제야 지금의 상황을 이해한 자들도 있었다. 그렇게 우둔한 자도 귀족이라는 이유로 남들 위에 서곤 했다.

어쨌든 동맹은 성사되었다. 유릭에게는 게오르크가 있었기에 조약을 문서화할 수 있었다.

"약탈은 금지다. 정해진 구역에서 이탈하지 마라!"

유릭의 수족인 카타기가 여기저기 돌아다니며 외쳤다. 전사들은 심드렁한 얼굴로 바닥에 침을 뱉으며 병사들을 흘겨봤다.

"이렇게 들어왔으면 여길 점령하면 되잖아? 무슨 조약이니 뭐니 지키겠다고……."

호전적인 부족장들이 투덜거렸다. 요새 안으로 들어왔으니 마음만 먹으면 여길 쓸어버리고 차지할 수 있었다.

"여자는 없어? 여자는?"

전사들이 소리를 질렀다. 대족장의 권위가 대단하더라도 1만 전사를 하나하나 통제하는 건 불가능했다. 그들은 숙련된 전사였지만, 훈련받은 병사는 아니었다.

서리뱀 부족의 올가는 눈을 흘겼다. 그는 몹시도 불편한 얼굴이었다.

"왁!"

올가는 자신을 쳐다보는 병사들을 향해 소리를 질렀다. 겁을 먹은 병사들이 움찔하며 눈을 피했다.

'이들과 손을 잡다니……. 약해 빠진 놈들이거늘.'

전사들이 보기에 병사들은 나약했다. 평생 사냥하고 싸움만 하는 부족전사와 농사를 짓는 문명병사의 간극은 매우 컸다.

포를카나와 연맹 사이의 동맹은 성사되었으나, 내부적으로는 불안요소가 많았다.

"하지만 여기 음식들은 마음에 들어!"

올가가 자기부족의 언어로 외치며 모닥불 위에 걸린 고기를 붙잡았다. 훈제향이 솔솔 풍겼다.

캉!

올가가 고기를 먹으려는 찰나였다. 그의 어깨에 도끼날이 닿았다.

카타기의 도끼였다. 카타기는 전사들을 통제하다가 올가가 멋대로 고기를 먹으려는 걸 보곤 제지했다.

"올가, 대족장께서 약탈금지를 명했다. 허락 없이는 무엇도 손대지 마라."

"너… 죽… 는다. 이… 거 치워."

올가가 띄엄띄엄 말했다. 말은 어눌했으나 눈동자는 굶주린 짐승처럼 사나웠다.

"너는 대족장의 권위를 인정하지 않는 것 같더군. 예전부터 그게 마음에 들지 않았어."

카타기는 도끼를 치우지 않았다. 주변의 전사들이 싸움구경을 하러 모여들었다.

"인정… 은 하되, 너… 처럼 경외… 하진 않… 아…. 난 긍지… 있는 전사… 다. 나… 자신… 을 믿지."

"인정한다면 고기를 내려놔라. 연맹에서는 대족장의 명령이 곧 하늘의 율법이다."

"우린 가지… 고 싶으면 빼… 앗는다. 그게… 전사다."

올가가 고기를 물어뜯어서 질겅질겅 씹었다. 노골적인 도발에 카타기가 인상을 찌푸렸다.

"아무래도 여기서 본보기를 세워야겠군."

카타기가 양손에 도끼를 하나씩 쥐었다. 올가도 창을 빙글 빙글 돌리며 풍차처럼 휘둘렀다.

"오우우우!"

"호우! 호우!"

전사들이 원을 그리며 소리를 질렀다.

그 소란을 들은 유릭이 전사들을 헤치며 걸어왔다.

"거기서 뭐 하는 거야? 싸움이야?"

유릭은 올가와 카타기를 발견하곤 꾀죄죄한 목덜미를 벅벅 긁었다. 그는 손톱의 때를 둥글게 말아서 카타기의 입에 튕겨 넣었다.

"카악!"

카타기가 목구멍에 걸린 때뭉치를 토하듯 내뱉었다.

"열 살 먹은 애새끼도 아닌데 별거 아닌 걸로 싸우지 좀 마라."

"대, 대족장! 올가가 약탈금지명령을 어겼습니다. 놈을 죽여 서 권위를 바로 세워야 합니다."

입안을 정리한 카타기가 외쳤다.

"고기 좀 먹었다고 죽일 것까지야 없지. 하지만 올가 한 명 이 아니라 우리 모두가 그딴 짓을 한다면 그건 꽤 큰일이 될 거 야. 힘겹게 맺은 동맹이 깨지겠지. 다른 놈들도 올가를 따라 약탈하는 건 아닐 거라 믿는다. 저번 전투에서 공을 세운 올가니까 봐주는 거야. 딴 놈은 그냥 뒈질 줄 알아. 억울하면 다음 전투에 장군의 목이라도 베고 와라. 그럼 특별대우를 얼마든 지 해줄 테니까."

고기 하나 훔쳐 먹었다고 올가를 처벌했다간 다른 전사들 이 반발할 터다. 올가는 이름 있는 전사다.

유릭은 기름진 두피를 무딘 단도로 긁으며 생각했다.

'연맹군의 규율이 없는 게 문제긴 해. 언제까지 이런 식으로 넘어가기도 힘들어.'

연맹에는 사소하게 잡음을 일으키는 전사가 많았다. 특히 문제를 일으키는 자 태반이 우수한 전사였다. 본인의 능력에 자신이 없으면 그런 문제를 일으키지도 않는다.

'그렇다고 하루아침에 규율을 세울 수 있는 것도 아니지.'

유릭은 단도에 묻은 머릿기름으로 날을 닦았다.

"뭐, 이것도 이번에 제국군과 싸워 이기고 나서 생각할 문제지."

유릭은 요새 뒤편에 연맹군의 야영지를 건설하도록 지시했 다. 되도록이면 포를카나 병사들과 떼어놓는 편이 나았다.

유릭은 측근 몇 명과 요새에 남아서 포를카나 수뇌부 회의 에 참석했다.

삐걱.

유릭이 회의장의 문을 밀고 들어갔다. 그의 등장에 시선이 쏟아졌다. 귀족과 기사들, 그리고 바르카.

"포를카나의 자유를 위해!"

회의를 끝낸 포를카나의 귀족과 기사들이 소리를 질렀다. 작전회의는 길지 않았다. 연맹군을 따라온 제국군을 포를카나의 산악지대까지 유인해서 친다. 정석이면서도 이보다 더 좋은 작전은 없었다.

'이길 수 있다.'

유릭은 주먹을 불끈 쥐었다. 그를 보는 포를카나의 귀족들은 제각기 다른 눈빛이었다. 호의도 있었고, 경멸하는 자도 있었으며, 두려움에 떠는 자도 있었다.

'포를카나의 군대가 우리를 돕는다면 충분히 승산이 있어. 부족한 병력도 보강이 돼. 저들이 나를 어떻게 생각하든 상관없어.'

유릭은 포를카나의 주요 지휘관들과 얼굴을 텄다. 그들 중 일부는 유릭을 알고 있었다.

"연회를 열어라!"

일시적인 평화였다. 포를카나를 쓸어버릴 기세였던 연맹군은 포를카나와 손을 잡았다.

어찌 됐건 병사들은 당장의 위협으로부터 벗어났다는 안도

감에 마음을 놓았다. 눈앞에 없는 제국군보다 코앞에 닥친 야만인들이 더 무서운 게 당연했다.

회의의 무거운 공기는 가시고 음식이 줄줄이 나왔다.

"배불리 먹을 수 있는 건 오늘이 마지막일 거요! 다들 실컷 먹읍시다!"

1만 전사의 군량을 대려면 포를카나도 상당히 빠듯했다. 왕국의 곳간을 탈탈 털어야지 겨우 몇 달을 버틸 터다.

"유릭, 네 용병단이 어떻게 됐는지 궁금하지 않아?"

바르카가 술잔을 들고 유릭의 앞에 앉았다. 유릭은 자신의 그릇에 닭고기와 돼지고기를 쌓아두고 있었다.

"도노반이 알아서 잘하고 있겠지."

유릭의 형제들은 영지를 받았고, 현재는 유릭이 없으니 도노반이 책임을 지고 있을 터다. 유릭은 그렇게 생각했다.

"별로 끝이 좋진 않았어. 네가 떠나고 1년 만에 용병들끼리 내분이 일어났지. 수확물과 땅을 가지고 자기네들끼리 다툼이 일어난 것 같아. 이웃 영지의 귀족들이 용병들을 포섭해 부추긴 탓도 있겠지."

고기를 썹던 유릭의 턱이 멈췄다. 그는 입가를 쓱쓱 닦으며 바르카를 쳐다봤다.

"멍청한 놈들……. 그래서 다 죽은 거야?"

"도노반이 죽고 나서 뿔뿔이 흩어졌어. 그나마 욕심을 부리지 않은 자들은 조그마한 농장으로 만족하며 지주 노릇을 하고 있었지만, 분쟁으로 농장과 재산을 잃은 자들은 다시 용병을 하러 왕국을 떠났어. 영주가 없는 영지는 내 직할령으로 편입시켰지."

"이득을 봤군, 파헬."

"원래 너한테 준 영지야. 버리고 간 건 너지. 나도 일을 수습한다고 꽤나 골치가 아팠어."

"도노반이 잘해낼 줄 알았어."

바르카가 쓰게 웃으며 고개를 저었다.

"넌 뛰어난 사람이다, 유릭. 나도 왕이 되고 나서 많은 사람을 봤지만, 너만큼 영리한 전사는 없었어. 네 자리를 대체할 수 있는 사람은 몇 없을 거야. 유릭이 없는 유릭의 형제들이 무너지는 건 1년이면 충분했지."

"내 잘못이라는 거야?"

"내가 선물한 영지를 버리고 간 것도 모자라, 이렇게 침략군을 이끌고 돌아왔지. 너 때문에 내가……."

바르카가 눈살을 찌푸리며 고개를 돌렸다. 그는 황제에게 의심을 받아 자칫하면 죽을 뻔했다. 감금된 채로 평생 포를카나로 돌아오지 못했을 수도 있다.

"겸사겸사 독립도 하고 좋잖아?"

유릭이 어깨를 으쓱했다.

"많은 사람이 죽을 거야. 포를카나의 백성들이 피를 흘리겠지."

"내 형제들은 이미 많이 죽었어, 파헬. 내 몸에 새겨진 흉터들보다 더 많은 형제들이 죽었지."

목소리가 점점 높아졌다. 반갑다고 인사할 처지가 아니었다. 바르카는 왕이었고, 유릭과 연맹군은 포를카나에 위기를 가져온 재앙이었다.

애초에 흔쾌히 맺은 동맹은 아니었다. 풍전등화의 포를카나 왕국을 어떻게든 살려보고자 하는 바르카의 선택이었을 뿐이다.

'유릭은 내 누이가 아이를 낳은 걸 알고 있을까?'

바르카는 다미아에 대한 언급을 하지 않았다. 당장은 유릭이 알아서 좋을 건 없었다.

"어쨌든 이렇게 다시 만나서 반갑다, 파헬. 동대륙 찾기는 잘 돼가고 있었어?"

유릭은 화제를 은근슬쩍 돌렸다.

"제국의 지원을 받아서 진척 중이었지. 이제 그 지원이 끊기겠지만."

"거, 미안하게 됐다니까 자꾸 그러네."

"제국의 지원이 없어도 이미 포를카나의 국책사업이야. 지금까지 들어간 돈이 있는 만큼 포기할 순 없지. 배는 계속 건조하고 있어. 바깥 바다를 보급 없이 몇 달이나 항해할 수 있는 그런 배를 만들고 있어."

"바다를 몇 달이나? 그게 가능해?"

"가능할지 말지는 해봐야 알겠지."

"대단하군. 완성되면 꼭 보고 싶어."

"교황에게도 서신을 보내서 동대륙 탐사에 대한 정당성을 확보하고 있어. 루의 뜻으로 새로운 세계를 발견한다고 선포하면 사업에 탄력이 붙을 거야. 너도 알겠지만 황제는 교황과 친하지 않아. 나아가 교황은 제국을 별로 좋아하진 않지. 이번에 북부 태양교가 분리 독립한 것도 교황의 공작이라는 말이 있어."

배를 채운 유릭은 술을 마셨다. 그는 바르카의 이야기를 귀담아들었다. 왕의 입에서 나오는 정보는 굉장히 귀했다. 연맹군에게도 도움이 될 만한 정보가 많았다.

"그나저나 정말로 네가 서부의 왕인 거야?"

바르카도 술이 어느 정도 올라서 얼굴이 붉었다. 똑 부러진 발음도 서서히 무너졌다.

"우린 왕이라는 말을 쓰지 않아. 대족장이라고 부르지. 내가 이전 대족장의 머리를 쪼개고 그 자리를 이어받았어."

"무시무시하네. 그럼 너도 다른 전사들한테 대족장의 자리를 뺏길 수 있다는 거 아니야? 뒤통수를 조심해야지."

"그렇게 쉽지는 않아. 대족장 자리에 도전하려면 그 전에 갖춰야 할 권위나 조건이 많거든. 대족장이 바뀌어도 부족들의 이탈이 없을 만큼 유명한 전사여야 해. 주술사들에게 하늘의 권위도 부여받아야 하지."

"그럼 네 아들이 다음 대족장이 되는 건가?"

"글쎄, 그건 모르겠는걸. 족장의 아들이 족장 자리를 잇는 경우는 많지만, 항상 그러한 건 아니야. 특히 대족장은 전례가 없었어. 선대 대족장은 자신의 자식에게 물려줄 생각도 있었던 것 같지만."

"그 말인즉, 이제부터 네가 전례를 만든다는 거잖아."

바르카가 지나가듯 말했다. 유릭의 눈동자가 커졌다.

'내가 전례를 만들어?'

연맹군이 앞으로 어떤 집단이 될지는 유릭의 방침에 달렸다. 이대로 약탈자 무리로 끝날 수도 있으며, 국가를 이룰 수도 있다.

"……유릭, 부인과 아이는 있어?"

바르카는 술에 더 취하기 전에 말했다. 누이의 일이 계속 마음에 걸렸다.

"아이? 당연히 있지!"

유릭이 흔쾌하게 말하자, 바르카의 눈동자가 떨렸다.

"그래?"

"이 땅 어딘가에 있지 않겠어? 그렇게 씨를 뿌리고 다녔는데 없을 리가 없지."

바르카는 속으로 안도했다.

"만약 어떤 여자가 네 아이랍시고 데려오면 어쩔 건데?"

"뭐야? 파휀, 너 혹시 어딘가에 내 자식이라도 숨겨둔 거야?"

"그냥 묻는 거야. 대답하기 싫으면 말고."

유릭이 술잔을 내려놓으며 눈을 감았다.

"……솔직히 모르겠어. 내 밑에 똑똑한 부하가 하나 있는데, 그놈이 말하길 나보고 좋은 아버지가 되지 못할 거라고 하더군."

"그 부하를 잘 챙겨줘. 널 굉장히 객관적으로 잘 보고 있군. 유능한 친구야."

"으음, 방금 날 비꼰 거 맞지?"

유릭이 잠시 생각하더니 말했다. 바르카가 입술만 씰룩이며 웃었다.

유릭과 바르카는 그동안 있었던 일을 하나둘씩 말했다. 유릭이 서부에서 겪은 일은 바르카만이 아니라 주변 귀족들의 이목까지 끌었다.

하늘산맥 너머는 지금까지 미지의 세계였다. 동대륙만큼이나 허무맹랑한 이야기로 여겼다. 하지만 지금 서부에서 온 자들이 문명세계를 휩쓸고 있었다. 서부가 어떤 곳인지 다들 궁금해했다.

하룻밤의 연회를 끝낸 포를카나 군대와 연맹군은 요새를 버리고 포를카나 안쪽으로 들어갔다. 그들이 떠난 요새는 마치 공격당해 약탈당한 모양새였다.

카르니우스의 군대는 포를카나의 국경에 도착했다. 정찰대들은 요새가 텅 빈 걸 보곤 본대에 신호를 보냈다.

따각, 따각.

카르니우스는 부관들을 이끌고 요새 안으로 들어갔다.

"약탈을 당한 듯합니다. 이미 야만인들이 포를카나로 들어갔군요."

부관들이 요새를 샅샅이 살피며 말했다.

"벌써 뚫린 건가?"

요새가 공격을 당했다는 건 부정할 수 없었다. 인위적으로 만들 수 없는 공성전의 흔적들이 성벽과 요새 내부에 남아 있었다.

"야만인들은 제국의 공성병기를 운용하고 있습니다. 이런 국경요새로 저지하긴 힘들었을 겁니다."

부관들이 요새의 식량창고와 병기고를 확인했다. 예상대로 텅텅 비어 있었다.

"포를카나는 전쟁경험이 있는 군대를 가지고 있어. 내전을 겪은 군대는 만만치 않을 터. 생각보다 일찍 함락됐군."

"병사들의 결집이 늦었거나 말 안 듣는 영주가 많았을 수도 있지요."

"내가 포를카나를 고평가했던 것 같군. 랑케가트랑 국력이 엇비슷한 포를카나가 버틸 리가 없지."

그러나 말과 달리 카르니우스의 표정은 딱딱했다.

'폐하의 서신만 없었다면 나도 지금 상황을 그냥 넘어갔을 거다.'

포를카나의 요새가 뚫린 걸 이상하게 여길 건 없었다.

제국군과 달리 왕국들은 터무니없는 오합지졸이 많았다. 백 명을 동원할 수 있는 영주가 소집령을 받고도 열 명만 보내는 경우도 다반사였다.

'야만인의 공격을 알고도 때맞춰 병력을 모으지 못했을 수도 있어. 포를카나가 당하는 건 당연해.'

카르니우스는 부관에게 손짓을 해서 군대를 움직이도록 했다. 약탈자들이 포를카나 요새를 통과했다면 최대한 빨리 쫓아가는 게 좋았다.

약탈자들의 흔적은 고스란히 남아 있었다. 그들은 요새에서 약탈을 하고 야영을 한 뒤에 떠난 듯했다.

카르니우스의 군대는 요새를 통과해 약탈자들을 쫓아 포를카나로 들어갔다. 제국이 닦아놓은 도로가 끝나자마자 길이 험해졌다. 보급품을 실은 수레와 마차들이 돌부리에 걸려 덜컹거렸다.

"빌어먹을 촌구석 같으니!"

"당겨! 당겨!"

제국군은 바위언덕을 넘었다. 짐을 뺀 수레를 언덕 위로 올린 뒤에 다시 짐을 실었다. 그들은 척박한 포를카나의 땅에 욕설을 내뱉었다.

점차 포를카나 깊숙이 제국군이 들어갔다.

"우린 제국군이다! 황제폐하의 명으로 물자를 징집하겠다!"

제국군은 포를카나에서 마주치는 농가들을 급습하다시피 했다. 제국군도 보급로가 길어지면서 군량보급이 원활하지 않았다. 더군다나 포를카나는 제국직할령도 아니었다.

"장군, 이자가 할 말이 있다고 합니다."

기사 하나가 허름한 농부를 데려왔다. 농부는 제국군의 위세를 보며 우물쭈물하다가 손바닥을 비볐다.

"혜혜, 나리께서 관심을 가질 만한 정보가 있습니다."

카르니우스가 인상을 찌푸렸다. 저런 부류의 인간은 수없이 봤다. 돈만 보는 소인배였다.

하지만 저런 자의 도움이 필요한 것도 사실이다. 정보는 전쟁에서 무척이나 중요하다. 정보가 있고 없고에 따라 전쟁의 승패가 갈리기도 한다.

짤랑.

카르니우스가 금화를 던졌다. 금화를 엉금엉금 주운 농부가 웃었다.

"야, 야만인 군대를 잡으러 오셨다고 들었습니다. 그, 그 야만인들은 지금 포를카나의 군대와 함께 움직이고 있습니다. 제, 제가 분명 두 눈으로 봤습니다요."

농부의 말에 카르니우스가 벌떡 일어섰다. 부관과 기사들은 말도 안 된다며 펄쩍 뛰었다.

'나도 평상시라면 말도 안 된다고 생각했을 거다.'

카르니우스의 눈동자는 떨렸다. 그는 황제에게 받은 서신을 다시 한번 바라봤다.

'포를카나와 약탈자들이 동맹을 맺었다면 정전협정을 하도록.'

황제의 서신에는 협정에 관한 내용이 줄줄이 쓰여 있었다. 이미 황제는 포를카나와 야만인들이 군사동맹을 맺을 거라 예상을 했었던 것이다.

"하, 하하."

카르니우스가 실없이 웃으며 다시 자리에 앉았다. 살벌한 분위기를 감지한 농부가 뒷걸음질 치며 자리를 빠져나갔다.

포를카나군과 연맹군은 언덕 위에 주둔지를 만들었다. 그들은 제국군이 오는 걸 멀리서 보고 있었다.

언덕 위에서는 포를카나-연맹군의 지휘관들이 모여서 상황을 살폈다.

"우리가 고지대를 선점했으니 제국군이 기마병을 운용하기 힘들겠군."

바르카가 눈을 가늘게 뜨며 제국군을 바라봤다. 언덕인 데다가 지형이 고르지 않아서 중기병의 돌격도 힘들다. 철저하게 제국군에게 불리한 지형이었다.

"적의 지휘관은 카르니우스로군요."

룽겔 공작이 카르니우스 가문의 깃발을 알아보곤 중얼거렸다.

유릭도 카르니우스를 기억하고 있다. 연맹군은 카르니우스에게 크게 패해 자칫하면 해체될 뻔했었다.

"우리와 한 번 싸운 놈이야. 거하게 한 방 먹었었어."

바위 위에 앉은 유릭이 도끼날로 수염을 듬성듬성 자르며 말했다.

유릭도 자칫하면 카르니우스에게 목숨을 잃을 뻔했으나, 발디마 전투에서 극적으로 살아났다.

"카르니우스라면 검귀 페르젠에게 가려졌지만 제국의 명장이야. 이미 너희 연맹군과 전투경험이 있으니 방심도 하지 않겠지."

바르카는 자신의 가슴을 한 손으로 붙잡았다. 심장이 쿵쿵 뛰었다.

'왕국의 운명이 갈린 전투다.'

몇 번이나 고민을 했었다. 만약 다른 선택을 했다면? 제국의 편을 들었다면?

"파헬, 이미 화살은 우리의 손에서 떠났어. 명중하길 빌어야지."

면도를 끝낸 유릭이 턱을 매만졌다. 그는 씨익 웃으면서 제국군을 바라봤다.

"그 화살이 빗나가면?"

바르카가 반사적으로 그리 말했다가 입을 다물었다. 전투에 앞서서 불길한 소리를 하는 건 좋은 행동이 아니다.

"……그래서 덩치가 큰 짐승을 사냥할 때는 신중하게 활시위를 당겨야 해. 빗나가면 분노한 짐승의 발톱과 이빨에 사냥꾼이 갈기갈기 찢기거든. 뭐, 운이 좋다면 흙바닥을 뒹굴며 한 번 더 시위를 당길 기회를 얻을 수 있지. 하지만 요행을 바라고 일을 하면 안 돼. 요행은 요행일 뿐이니까."

유릭은 눈을 날카롭게 떴다. 머리카락이 사납게 흩날리는 듯했다.

'결전이로군.'

연맹군은 한 번이라도 대패하면 회복이 힘들다. 전사와 농부의 역할이 구분된 문명세계에서는 전사들이 죽어도 사회가 유지된다. 하지만 서부 같은 부족사회에서 전사들의 죽음은 생산력의 손실이다.

'나는 여기서 패하면 안 돼. 설사 이기더라도 전사들이 전부 죽으면 우리에게 미래는 없다.'

유릭은 서부의 미래를 여기에 끌고 온 셈이었다. 아직 아이도 없는 젊은 전사들조차 낯선 세계의 중심까지 왔다. 지금 서부에는 남자라곤 다 죽어가는 노인과 젖먹이밖에 없다.

'여기서 우리가 당하면 일개 왕국이 침략해도 서부는 정벌 당하겠지.'

유릭은 눈을 감았다. 목덜미가 서늘하다. 누군가 칼날을 들이민 듯하다.

'패하면 내 형제들은 노예가 된다.'

유릭은 문명세계를 여행하며 패배한 민족들을 봤었다. 그들은 노예가 되었으며 차별을 당했다. 어떤 이들은 인간 이하의 취급을 받으며 살았다.

유릭은 동포가 그런 삶을 사는 걸 용납할 수 없었다. 아무리 그가 문명세계를 동경하며 우러러볼지라도 자진해서 노예가 될 생각은 없었다.

"……우린 노예가 되지 않는다."

혼잣말로 중얼거렸다. 스벤의 붉은 눈물이 생각났다. 그는 패배를 직접 겪었으며, 평생 그 울분을 쌓아온 전사였다.

포를카나-연맹군 진영은 무구를 갈고 닦으며 전투를 준비했다. 감시병들은 제국군의 동태를 살폈다.

양 진영이 서로를 빤히 보고 있다. 기습 같은 전략전술은 쓸 수 없는 상황이었다. 시합처럼 서로 준비가 되면 전투를 시작할 터다.

따각, 따각.

제국군 진영에서 전령이 나왔다. 포를카나-연맹군의 지휘관들이 몸을 일으켜 세우며 전령을 쳐다봤다.

"선전포고인가?"

"어쩌면 포를카나에 대한 모욕을 하려는 걸지도 모르지. 문명세계의 배신자니 어쩌니 하면서 말이야."

귀족들이 걱정스러운 표정으로 전령을 바라봤다.

"이제 와서 사람을 보낼 게 있나? 칼을 맞대면 그만이지."

모닥불 옆에 앉아 있던 유릭도 투덜거리며 일어섰다.

"포를카나의 바르카 왕과 약탈자의 수장은 들으시오!"

전령이 목청을 높여 말했다. 판금갑옷을 입은 걸 보니 제국 강철기사인 듯했다. 전령은 주변을 힐끗 보더니 말을 이었다.

"황제폐하의 이름으로 화평을 요청하는 바요! 협상을 할 생각이 있으면 대표 두 사람과 각각 수행원 스무 명을 동반해서 내일 정오에 나오시오! 태양신 루의 이름으로!"

전령이 가슴팍에 주먹을 가져가 대며 외쳤다. 그는 포를카나-연맹군의 대답을 기다렸다.

"화평?"

"황제가 우리에게 평화를 요청한 건가!"

귀족들이 흥분해서 날뛰었다. 지금 상황에서 먼저 화평을 요청했다는 건 그만큼 곤란한 처지라는 뜻이다. 이렇게 되면 협상에서 주도권을 잡는 쪽은 포를카나-연맹군이었다.

"우리의 군사동맹이 제국에게 큰 압박인가 보군."

바르카가 중얼거리며 귀족들을 모았다. 귀족들이 웅성거리며 한마디씩 했다.

"일단 협상에 나가야 합니다. 국력과 병사를 소모하지 않고 독립을 얻을 수 있다면 그보다 더 좋은 일이 어디 있겠습니까?"

귀족들의 의견은 협상에 나가자는 쪽이었다. 열 번을 생각해도 화평조건을 들어보는 게 나았다. 어차피 제국을 상대로 승리를 확신할 수 없었다.

"화평……."

유릭이 중얼거렸다. 그는 카타기와 게오르크 같은 측근을 불러서 의견을 물었다.

"저들이 우리에게 겁을 먹은 겁니다. 당장 공격준비를 해야 합니다."

카타기가 주장하자, 전사들이 소리를 지르며 호응했다. 포를카나 귀족과 달리 연맹의 전사들은 공격적이었다. 오히려 지금 상황이 기회라고 생각했다.

'카타기의 말도 맞아. 화평을 거부하고 바로 공격하면 큰 압박이 되겠지.'

유릭은 눈을 흘겼다. 그는 게오르크의 발언을 기다렸다. 유릭은 외교와 정치에 대해서는 셈이 약했다. 그렇기에 측근들의 이야기를 신중히 하나씩 새겨들었다.

게오르크가 생각을 하더니 입을 열었다.

"포를카나 쪽은 협상에 솔깃해하고 있습니다. 오히려 그 제안이 구원인 것처럼 반갑게 여기는 자도 대다수죠. 아무래도 제국군과 싸운다는 압박감에 시달리고 있었으니까요. 만약 우리가 공격하자고 해도 포를카나가 쉽게 동의하지 않을 겁니다. 무조건 협상조건을 들어보자고 하겠죠."

통역들이 전사들에게 게오르크의 말을 전달했다.

"우린 저런 겁쟁이가 없어도 이길 수 있소! 우린 자랑스러운 하늘의 전사들이오!"

전사들이 게오르크를 노려봤다. 그들의 사기는 높았다. 그들은 제국군이 겁을 먹어서 먼저 협상을 한다고 생각했다.

"입 다물어. 저들은 우리가 무서워서 협상하자고 패를 꺼내든 게 아니야."

유릭이 차분히 말했다. 그는 제국의 입장을 생각했다.

'북부전선 때문이다.'

북부전선의 소식은 연맹군이 모른다. 북부독립군이 이기고 있는지 밀리는지 알 도리는 없다. 그러나 고도의 파발체계를 갖춘 제국은 북부전선의 상황을 알고 있을 터다.

"아마도 북부전선의 교착이 심하거나, 제국군이 밀리고 있을 겁니다. 그게 아니라면 우리에게 협상을 하자고 말할 이유가 없겠죠. 전선을 둘로 나누는 전략은 성공했군요."

게오르크가 말했다. 합리적 추론이며 반박할 여지가 없었다.

"일단은 협상에 나간다."

유릭이 그렇게 선언했다. 전사들의 표정에서는 아쉬운 기색이 역력했다.

"그 똥 씹은 얼굴들은 뭐야? 그렇게나 싸우고 싶어? 그럼 오늘 밤 내 천막 앞으로 무기 들고 찾아와. 몇 명이든 상대해 줄 테니까."

유릭이 낄낄 웃으며 말했다. 전사들도 따라 웃었다.

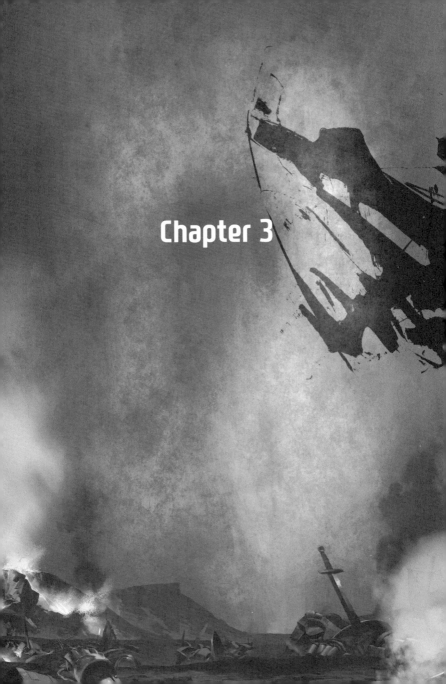

Chapter 3

　카르니우스는 아침에 일어나자마자 수염을 다듬었다. 그는 손수 갑옷을 들어서 깨끗하게 기름칠했다. 기름 먹인 천으로 반들반들하게 닦은 갑옷 표면은 빛이 나는 듯했다. 평소에는 종자에게 시키는 일이지만, 오늘만큼은 직접 하고 싶었다.

　'리오.'

　조금만 여유가 생겨도 아들의 얼굴이 아른거렸다. 리오를 잃었던 날을 꿈으로 몇 번이나 꿨다.

　"어리석은 나를 용서해다오."

　카르니우스는 무너지는 야만인들을 우습게 봤다. 리오를 전장으로 보내더라도 아무런 일이 없을 거라 생각했다. 그건 오만한 생각이었다.

야만인들은 마지막 저력을 발휘해 제국군의 포위를 뚫었고, 그 와중에 리오는 목숨을 잃었다.

'내가 더 조금만 신중했으면 리오를 잃지 않았을 것이다.'

카르니우스가 자책했다. 사슬이 묶인 듯이 심장이 죄여오며 아팠다.

'아니, 그전에 리오를 기사로 키우지 않았다면……'

기사가 아닌 다른 삶도 많았다. 지금 시대에 귀족 사내들이 출세할 방법은 여럿 있었다. 오히려 무공으로 출세하는 건 몰락한 귀족이나 하는 짓이었다.

'모든 건 내 욕심의 죄악이다. 루께서 어리석은 나를 벌하신 거지. 야만인과 리오의 죽음으로 내게 고통을 주신 거다.'

카르니우스의 눈동자가 공허했다. 모든 걸 집어던지고 수도사가 되고 싶었다. 하지만 그는 가주로서 짊어진 책임이 있었다.

'그 황제 얀키누스가 자존심을 굽히고 내게 군대를 맡겼다. 제국을 수호하기 위해서.'

황제도 대단한 결심을 한 셈이었다. 황제는 최소한 정전협정, 나아가 평화협정을 하고자 했다. 야만인에게 굴한다면 황제의 체면과 위신이 송두리째 땅에 박힌다. 어쩌면 훗날의 역사가들이 비웃을 선택일지도 모른다.

'하지만 그 오만한 황제조차 제국이 망가지는 것보다 자신의 체면이 깎이는 걸 선택했다. 고집을 부리지 않았어.'

황제 얀키누스도 자신의 선택 때문에 제국의 경영이 위태롭다는 걸 안다. 그 누구를 탓할 게 아니라 황제의 실패와 실책이었다.

"장군, 곧 정오입니다."

바깥의 부관이 조심스레 말했다.

카르니우스는 탁자에 놓인 식사를 건드리지도 않았다. 나이가 먹으니 식욕도 죽은 듯했다.

촤락.

카르니우스는 서신을 펼치곤 황제가 위임한 협상권한을 바라봤다.

'포를카나의 독립은 당연한 거겠지. 전쟁배상금도 상당하군. 그 정도로 하지 않으면 포를카나는 제국의 보복이 무서워서 협상을 하지 않을 거니까.'

카르니우스는 물만 마시며 서신을 끝까지 읽었다. 벌써 열 번은 읽은 내용이었다. 그만큼 그는 이번 협상에 신중했다. 제국의 안녕에 달린 문제였다.

'카셀마로니 왕국과 북부반란군이 손을 잡았다는 정보는 아직 약탈자나 포를카나 군대는 모를 거다.'

협상을 하려면 정보가 공백일 때를 노려야 한다. 북부전선이 생각보다 더 제국에게 불리하다는 걸 포를카나와 약탈자들이 안다면 협상을 하지 않을 터다.

"장군."

부관이 다시 나직이 말했다.

"알고 있네."

카르니우스는 바깥에 대기 중인 종자를 불렀다. 그는 종자의 도움을 받아 판금갑옷을 입었다. 장군의 갑옷답게 시대를 앞서간 강철갑옷이었다. 열처리와 가공을 거친 표면은 태양처럼 눈 부셨고, 살짝 굽은 판금의 곡선은 기능미마저 느껴졌다. 온갖 날붙이와 화살을 흘려보내는 첨단 방어구다.

갑옷을 입은 카르니우스가 말에 올라탔다. 그는 수행원 열 명과 기사 삼십 명을 이끌고 양 진영의 중간지점으로 향했다.

정오라서 태양빛이 따가웠다. 겉옷을 두른 갑옷조차 달아오르는 듯했다.

촤악!

수행원들이 쪼르르 달려가더니 차양을 치며 협상탁자를 설치했다.

"저들도 나옵니다."

기사가 카르니우스의 귓가에 속삭였다. 늙은 눈동자로 보기엔 그저 흐릿할 뿐이었다.

포를카나-연맹군 진영에서는 말을 탄 두 사람이 나란히 선두에서 나왔다. 포를카나의 바르카와 연맹군의 유력이었다. 멀리서 봐도 그 두 사람이 수장이라는 걸 알 수 있었다.

거의 백 명에 달하는 인원이 중간지대에 모였다. 그들은 숨을 죽이곤 서로의 수장들이 입을 열길 기다렸다.

카르니우스는 바르카를 알아보곤 고개를 끄덕였다. 적이었으나 왕족이기에 예의를 갖췄다. 그러고는 그 옆에 있는 유릭을 보곤 눈을 크게 떴다. 어쩐지 낯익었다. 그보다도 저렇게 젊은 전사가 그 무시무시한 약탈자의 수장이라는 사실에 놀랐다.

'수염을 잔뜩 기른 사내가 수장일 거라 생각했거늘……'

야만인은 가장 강하고 용맹한 전사를 대장으로 삼는다.

'저 나이에 그런 능력을 갖췄다는 건가.'

자세히 살펴보니 상처가 보통이 아니었다. 몇 번이나 죽고도 남을 흉터가 여기저기 있었다.

유릭은 카르니우스의 뜨거운 시선을 느끼곤 기분이 나빠져서 똑같이 노려봤다. 벌써부터 분위기가 거칠었다. 기사와 전사들은 말없이 무기에 손을 얹었다.

카르니우스가 조용히 조건을 읊었다.

"어떻습니까? 바르카 왕."

황제의 화평조건은 대단했다. 제국이 지금까지 절대 허락하지 않았던 왕국의 자유까지도 그 안에 있었다. 나아가 전투도

하지 않았는데, 제국은 전쟁배상금 명목으로 포를카나의 10년 치 국가예산에 해당하는 금화를 지불하려 했다.

황제가 얼마나 이번 화평에 목말라 있는지 알 수 있었다. 어차피 카르니우스는 무관이며 협상에 재주가 없었다. 어설프게 흥정을 할 바에는 확실하게 보상을 주는 선택을 했다.

"엄청나군."

협상에 따라나선 귀족들이 자기네들끼리 입을 가리며 떠들었다. 제국의 조건은 포를카나에게 완벽했다. 독립왕국의 지위를 향후 약속했으며, 막대한 전쟁배상금도 얻을 수 있었다. 아무리 제국이 오만불손하더라도 루의 이름과 국가의 신용을 내건 협상을 깨뜨리진 못한다.

'제국이 약속한다면 적어도 앞으로 수십 년간 포를카나는 독립왕국의 지위를 얻을 수 있어.'

룽겔 공작조차 눈을 크게 떴다.

"이건 우리에게 행운입니다, 전하. 단숨에 포를카나가 강대국으로 올라설 기회입니다. 우리가 독립왕국의 지위를 얻는다면, 다른 왕국도 봉기해서 제국과의 거래에 나설 겁니다. 우리가 먼저 선두에 설 수 있는 기회지요."

협상자리에 앉은 자들의 머리는 쉴 없이 굴러갔다. 바르카도 협상조건을 확인하며 눈을 감았다가 떴다.

'우리가 이런 협상을 맺었다는 걸 안다면, 다른 왕국들도 가만히 있지 않겠지. 제국이 약해졌다는 걸 알고는 득달같이 달려들 터다. 제국도 그걸 모를 리가 없어. 그런데도 이런 조건을 우리에게 먼저 제안할 정도로 무언가가 급하다는 이야기다.'

바르카는 곰곰이 생각했다.

이미 카셀마로니 왕국이 봉기를 했다. 포를카나가 그 이야기를 듣는다면 지금 조건으로도 화평이 힘들다. 황제가 서두를 만도 했다.

하물며 카셀마로니와 포를카나, 북부독립군과 서부연맹군. 제국과 대립하는 세력이 넷이나 된다. 소식이 빠른 왕국들은 벌써 군사를 소집하고 있을 것이다. 이 상태에서 왕국 둘 정도만 더 일어선다면 제국조차 총력전을 벌여야 할 터다.

'황제폐하께선 최악의 상황을 막고 싶은 것이다.'

카르니우스는 쓰게 웃으며 야만인의 수장을 바라봤다.

"폐하께선 그대 서부인들에게 야일루드와 그 입구의 영토를 넘기기로 하셨소. 불가침조약을 맺고 교류하길 원하시오."

유릭은 팔짱을 낀 채로 손가락으로 팔뚝을 툭툭 두드렸다. 그는 인상을 찌푸렸다.

"거래를 하면서 내 이름은 묻지도 않는군. 야만인의 이름은 들을 필요도 없다는 건가?"

카르니우스가 움찔했다. 습관적으로 바르카를 중심으로 협상을 진행했다. 상대 또한 1만 전사의 수장이라는 걸 망각했다. 그는 본디 무관이지 문관이 아니었다. 특히 야만인과 조약을 맺는다는 굴욕 때문에 시야가 좁아졌다.

"실례했소."

카르니우스가 고개를 가볍게 숙였다. 유릭은 그제야 만족스레 웃었다.

"난 유릭이다."

"……유릭."

카르니우스가 그 이름을 읊조렸다. 그의 손가락이 파들파들 떨렸다.

황제가 걱정하던 대로 일이 진행됐다. 포를카나 국왕과 절친한 유릭이 동맹을 성사했다.

"왜?"

"발디마 전투……. 제대로 한 방 먹었소."

아직도 그날의 불꽃이 카르니우스의 눈앞에 아른거렸다. 불꽃에 휘말린 병사들과 야만인들이 뒤엉켰다. 몸을 사리지 않는 야만인의 싸움에 제국군조차 기가 질렸다.

정황상 발디마 전투의 지휘관은 유릭이었다.

카르니우스는 애써 생각을 지웠다. 여긴 협상의 자리다.

"유릭, 잠시 귀를."

협상 도중에 하발드가 끼어들었다. 그는 북부의 대리자였다.

"알아, 하발드. 북부를 고립시키진 않을 거야."

유릭이 하발드의 생각을 읽으며 빠르게 대답했다. 하발드는 진중한 눈동자로 고개를 끄덕였다.

"우리와 포를카나, 그리고 북부인. 그 뭐더라? 게오르크"

유릭이 중얼거리자 게오르크가 '삼각동맹'이라고 속삭였다.

"그래, 그 삼각동맹인가 뭔가랑 마찬가지야. 물론 포를카나는 몰라도, 서부는 북부와 끝까지 함께한다. 북부가 싸운다면 서부도 싸울 거야. 아마 포를카나도 쉽게 빠지진 않을걸?"

카르니우스가 인상을 찌푸렸다.

'언제 서부와 북부가 동맹을 맺은 거지?'

서부와 북부 사이에 어떤 조약이 있을 거라곤 예상치 못했다. 하지만 분명 유릭의 뒤에 서 있는 하발드는 태양전사의 복식을 갖추고 있었다.

'황제폐하의 생각보다 더 복잡한 외교관계다. 북부까지 끼어들었어.'

카르니우스는 애써 생각을 붙잡았다.

"제국은 포를카나와 서부에게만 조건을 내밀어선 안 돼. 북부에게도 약조해야 할 게 있지. 조약으로 북부인의 왕국을 인정하고 평화를 보장해야 할걸?"

유릭이 그렇게 말했다. 제국 측의 사람들은 웅성거리며 혼란에 빠졌다.

'북부와 조약을 맺는다면 카셀마로니도 한자리를 거들 거

다. 내 권한으로 어쩔 수 있는 게 아니야.'

황제의 생각은 전선 하나를 소강상태로 만든 뒤에 제국과 문명세계를 안정시키는 것이었다. 황제는 카르니우스의 군대까지 북부전선에 배치해 반란을 제압하는 게 먼저라고 판단했다.

'여기서 내가 북부전선의 화평까지 약속할 수 있는 걸까? 폐하에게 서신을 보내고 받을 즈음에는 카셀마로니의 반란소식도 여기까지 당도하겠지. 그러면 협상에서 더 불리해진다. 내가 여기서 협상을 맺는 게 옳지 않을까? 월권행위이지만 황제의 뜻을 생각하면 그게 옳다. 여기서 피를 더 흘릴 순 없어.'

카르니우스가 땀을 뻘뻘 흘렸다. 그가 물을 마시곤 입을 열었다.

"잠시 휴식을 청하오."

카르니우스의 제안에 바르카와 유릭이 서로의 얼굴을 바라봤다. 바르카가 고개를 끄덕이며 휴식을 받아들였다.

두 세력은 잠시 거리를 두곤 자기네들끼리 협상에 대한 토의를 했다. 더욱더 좋은 결과를 끌어내기 위한 말들이 오갔다.

"카르니우스는 숙련된 외교관이 아니야. 제국이 궁지에 몰린 게 얼굴에 드러났어."

바르카가 말했다. 유릭이 보기에도 포를카나-연맹군에게 유리한 상황이었다.

"특히 북부 이야기가 나오자마자 당황했지. 표정을 숨기지 못하는 양반이더군."

유릭이 호두를 맨손으로 깨뜨리며 알맹이를 꺼내먹었다.

"그 북부 때문에 협상이 되지 않을 수도 있어. 아마도 북부에 관한 협상은 자신의 권한에서 벗어난 이야기일 거야."

바르카가 걱정스레 말했다. 되도록이면 전쟁이 나지 않고 끝나는 게 좋았다. 포클카나 영토에서 전쟁을 하며 피를 흘려봐야 좋은 건 없었다.

"북부를 빼놓고 협상하는 건 있을 수 없소."

태양전사 하발드가 차갑게 말했다. 포클카나와 연맹군이 화평을 맺는다면 북부만 고립된다.

"북부의 봉기 덕분에 이런 협상조건을 받을 수 있었던 거야. 우리만 쏙 빠질 순 없지. 화평을 한다면 북부도 원하는 걸 얻어야 돼."

유릭이 호두 알맹이를 으적으적 깨물었다. 북부와는 동맹을 약속했다. 유릭은 그걸 어길 생각이 없었다.

"휴식을 청했다는 건 저쪽도 협상내용을 정리한다는 뜻이야. 북부도 협상조건에 들어갈 거야."

바르카는 하발드가 들으라는 듯이 말했다.

"그 황제가 이런 판단을 했다고 믿긴 힘들지만, 놈은 왕국 전체가 봉기해서 제국의 위세를 잃는 것보다 지금 손해 보는 데서 멈추는 게 낫다고 판단한 거지."

유릭은 호두 알맹이를 허공에 던지며 받아먹었다. 바르카는 그걸 구경하다가 호두 하나를 낚아채더니 자신의 입에 넣었다.

"황제는 잔인하고 야심이 많지만, 실리를 챙기는 사람이야. 잃을 게 훨씬 많다고 판단되면 주저하지 않고 뒤로 빠져."

바르카는 이미 수년간 황제와 교류한 사이였다. 왕좌도 황제가 되찾아준 만큼 친할 만도 했지만 평가는 냉혹했다. 황제 얀키누스와 인간적인 교류가 가능한 사람은 손에 꼽을 터다.

'이대로 전쟁이 끝나면 좋겠지.'

유릭이 자리에서 일어나며 양측의 진영을 번갈아 바라봤다.

'이미 피를 너무 많이 흘렸어. 형제들의 피를 더 흘릴 순 없다.'

유릭에게도 남모를 걱정이 한둘이 아니었다. 서부의 상황도 걱정이 됐다. 원정을 나온 1만 전사는 대족장 유릭의 권위를 인정했지만, 서부의 남은 세력은 사미칸의 죽음을 모른다. 유릭이 서부에 돌아가면 또 다른 도전에 직면할 수도 있다.

'사미칸의 아이를 낳은 벨루아. 아들이 아닌 딸이면 좋겠군.'

벨루아가 특이한 경우일 뿐, 서부에서 여자가 인정받기란 힘들다. 사미칸의 자식이 딸이라면 그 밑에 모이는 세력은 없을 것이다.

'아직 서부의 잔존세력도 있어. 하늘산맥에서 멀어질수록 통제도 잘 되지 않아. 사미칸의 죽음이 알려지면 멀리 쫓겨난 부족들도 다시 일어날 거다.'

서부의 부족들은 사미칸을 두려워한다. 유릭은 그만한 공포를 가지지 못했다. 어디까지나 연맹의 형성과 원정의 중심은 사미칸이었으며, 모두가 두려워하는 존재도 사미칸이었다.

전쟁과 원정은 길어졌고, 내부정비가 필요한 건 서부도 마찬가지였다.

'교류.'

유릭은 조심스레 자신의 가슴에 손을 댔다. 심장이 두근거리는 게 느껴졌다.

이미 서부와 문명세계는 연결이 되었다. 평화가 찾아온다면 서로가 오가는 사이가 된다. 문명세계의 문물을 서부에 받아들일 수 있었다. 다른 사람은 몰라도 유릭은 적극적으로 교류를 진행할 터다.

유릭의 옆에 고트발이 따라붙었다. 고트발의 발걸음은 한없이 가벼웠다.

"유릭, 당신의 힘으로 전쟁을 멈출 수 있습니다. 이 땅에 평화를 가져오는 거죠."

"제국이 패배하는 모양새로 화평을 맺는 건데도 싱글벙글 웃는군, 고트발."

"제가 따르는 건 제국이 아니라 루의 가르침입니다. 북부의 태양사제들이 그러하듯 말입니다."

태양교가 이만큼 많은 지지를 얻은 것도 평화와 사랑의 가치를 중요시 여기기 때문이었다. 가혹한 북부의 땅에서도 평화의 가치를 빛을 발했다.

"고트발, 결국 이 평화를 얻어낸 건 피와 날붙이였어. 루의 가르침이 아니었지. 북부에 태양교를 전파한 것도 사랑과 자비가 아니었잖아. 제국군이 북부인의 목에 칼을 들이밀며 문명과 문화를 강요했어."

유릭이 차갑게 말했다. 그는 경험으로 사랑과 자비보다 서늘한 쇠붙이가 낫다는 걸 알았다. 말로는 못해도 칼날로는 설득이 가능했다.

"루의 뜻을 인간의 관점으로 해석하려 하면 안 됩니다. 그분은 우리가 보지 못하는 걸 봅니다."

"넌 훌륭한 성직자야. 좋은 선생이기도 하지. 하지만 자비와 사랑만으로는 아무것도 하지 못해. 내가 자비와 사랑을 힘보다 우선했다면 지금까지 살아 있지 못했을 거야."

유릭은 루의 가르침을 부정했다. 한때는 문명인을 동경했었다. 그래서 그들의 종교를 받아들이려고도 했었다.

"고트발, 아무리 노력해도 루의 가르침을 지킬 수가 없었어. 현실에서는 사람을 죽이지 않으면 내가 죽을 뿐이야. 자비 없는 폭력만이 나와 형제, 가족들의 목숨을 지킬 수 있지."

"유릭! 당신이 잘못 생각하고 있는 겁니다. 그 행동조차 결국 누군가를 지키기 위한 사랑이지 않습니까."

"루의 가르침이 그렇게 어렵다면, 난 배우지 않겠어. 현실은 루의 가르침보다 더 단순해. 지금까지 날 이끌어준 건 루가 아니라 날개투구를 쓴 전사의 영령이었어."

고트발이 눈을 크게 떴다. 날개투구를 쓴 전사가 누구를 말하는 건지는 고트발도 잘 알았다.

'유릭의 영혼이 루의 곁을 떠날 거다.'

고트발은 유릭을 루의 곁에 붙잡아두고 싶었다. 갈팡질팡하더라도 결국 루의 곁에 돌아올 거라 믿었다.

'유릭은 지금 루의 곁을 완전히 벗어나려고 하고 있다.'

고트발은 유릭을 루의 곁으로 이끄는 걸 자신의 사명으로 여겼다. 그가 직접 세례를 내린 야만인이기도 했다. 고트발에게 유릭은 특별한 사람이었다.

"유릭……."

유릭은 고트발의 말을 막았다.

"협상이 다시 시작될 거야. 나중에 이야기해."

카르니우스가 반대편에서 걸어오고 있었다. 그는 다시 협상 탁자 앞에 앉았다.

고트발이 씁쓸한 표정으로 유릭의 뒷모습을 바라봤다.

카르니우스는 조용히 제국의 인장을 매만졌다. 이걸 찍으면 조약이 성사된다. 그는 물끄러미 건너편에 앉아 있는 유릭과 바르카를 쳐다봤다.

황제 얀키누스는 카르니우스에게 협상권을 넘겼다. 북부와의 화평까지 성사된다면 문명세계의 모든 분쟁은 가라앉는다. 일시적이나마 제국은 내부를 다질 기회를 얻게 된다.

'하지만 그렇게 되면 제국은 사방이 적으로부터 둘러싸인 형국이 된다. 반제국세력이 넷이나 되지.'

그간 유지해 온 문명세계의 균형이 깨진다. 다른 왕국들도 호시탐탐 기회만 노릴 터다. 제국은 남부와 북부에 대한 통제권도 잃게 된다.

'이대로 협상하면 잃을 게 너무 많아.'

카르니우스의 입술이 달싹였다. 그는 눈을 감았다.

—아버지.

갑자기 환청이 들리는 듯했다. 카르니우스는 자신의 태양 목걸이를 감쌌다. 그가 심호흡했다.

카르니우스의 어깨가 무거웠다. 그의 선택에 따라 수많은 사람의 생사가 바뀔 터다.

많은 사람은 평화를 원했다. 2년 넘게 이어진 약탈자들의 횡포에 문명인들은 지쳤다. 약탈자들은 제국의 국력을 조금씩 갉아먹었고, 정신을 차려보니 제국의 적들이 이빨을 드러내기 시작했다.

─저는 검귀 페르젠보다 아버지가 더 대단한 기사라고 생각해요.

어린 리오는 그렇게 말했다. 하지만 현실은 냉혹했다. 보는 눈이 넓어지자, 검귀 페르젠의 명성이 얼마나 대단한 건지 리오도 알았다. 페르젠과 카르니우스를 비교하면 어디서나 비웃음을 살 뿐이었다.

'페르젠 공은 사라져 흠결조차 없는 전설이 되었지.'

전설의 기사는 최후까지 완벽했다. 제국을 수없이 구한 위대한 영웅은 그렇게 불멸의 영광을 쟁취했다.

'내 이름은 남지 않을 거다. 페르젠과 동시대를 살아간 기사이자 장군. 그리고 야만인을 이기지 못해서 협상을 맺은 문명인'

카르니우스는 천수를 누려야 이십여 년을 더 살 뿐이었다. 오래 살고자 하는 욕심도 없었다. 루가 부른다면 언제든 달려갈 터다.

'루의 곁에 아직 리오가 나를 기다리고 있다면, 녀석에게 무슨 말을 해야 할까? 야만인을 물리치지 못하고 화평을 맺었다

라고…… 나는 녀석 앞에서 당당하게 말할 수 있단 말인가?'

카르니우스의 손가락이 꿈틀거렸다.

여기서 카르니우스의 군대가 패하면 제국은 절체절명의 위기에 빠진다. 어쩌면 그 존립이 흔들릴지도 모른다. 황제는 그 최악의 수를 막기 위해 화평을 청했다.

'그렇다면 여기서 패하지 않으면 된다.'

포를카나와 약탈자들을 패퇴시키면 모든 문제가 해결된다. 약탈자의 군대 없이는 포를카나도 버티지 못한다.

"서부의 수장, 유릭."

카르니우스가 입을 열었다. 유릭이 눈썹을 치켜 올리며 어깨를 들썩였다. 카르니우스가 뜸을 들이다 말을 이었다.

"묻고 싶은 게 있소. 발디마 전투를 이끈 지휘관은 당신이었지. 발디마의 서부군은 패배한 전투에서 제국군을 정면으로 돌파해서 빠져나갔소. 그 판단도 당신의 것이오?"

유릭이 잠시 턱을 긁으며 생각했다. 거의 죽을 지경에서 정신없이 치렀던 전투였다. 당시 연맹군은 제국에게 패했고, 유릭은 패잔병을 이끌고 포위망을 돌파했었다.

'제국군 정면으로 돌진해 활로를 열었었지.'

그저 본능과 직관에 따른 판단이었다. 언뜻 보면 자살이나 다름없었으나, 전사들이 유릭을 믿었기에 가능한 짓이었다. 결국 유릭과 전사들은 포위를 빠져나왔고, 발디마 전투의 승리까지 이어졌다.

"정면 돌파라면 내가 지시한 게 맞아."

유릭이 그리 대답했고, 카르니우스가 눈을 질끈 감았다. 치미는 분노를 참아냈다.

'예상은 했다. 발디마의 지휘관인 유릭이 내 아들을 죽인 원흉이라는 걸.'

유릭의 명령만 아니었다면 리오는 죽지 않았을 것이다. 과감하게 전사를 끌어모아 정면으로 달려든 유릭 때문에 리오는 죽었다.

사실상 유릭이 리오의 원수였다. 그 말을 직접 들으니 알고도 화가 치밀었다.

―아버지.

리오의 목소리가 카르니우스의 귓가에 맴돈다. 리오의 어린 시절부터 성장한 모습까지 뇌리를 스쳐 갔다.

'부디 평화를.'

고트발을 비롯해 평화를 바라는 자들이 기도했다. 이 협상이 성사된다면 평화가 찾아온다.

"루여, 이 시련을 멈추어주십시오."

고트발이 중얼거리며 기도했다. 그는 간절히 바랐다.

"나는……."

카르니우스가 탁자에 손을 올렸다. 굳은살로 빼곡한 기사의 손이었다.

노기사의 입에서 나올 말들을 모두가 기다렸다. 카르니우스의 속에서는 마지막 순간까지도 갈등이 충돌했다. 선택의 정답은 없었다. 어느 쪽이든 위험을 감수해야 했고 절망은 존재했다.

'하지만 나는 내 아들에게 당당할 수 있는 기사가 되어야 한다.'

널 죽인 자와 협상을 맺었다고 어찌 말할 수 있으랴, 그게 황제의 명령이든 수많은 제국인의 목숨이든. 카르니우스에겐 아들이 더 중요했다.

"협상은 없소. 전투를 준비하시오. 북부에 대한 협상은 내 권한 밖이오."

카르니우스가 눈을 짙게 뜨며 말했다. 음영이 드리워진 눈동자와 입술이 미미하게 떨렸다. 자신이 말하고도 믿기 힘들었다.

'난 도대체 무슨 말을 지껄이는 건가.'

수천에 달하는 생명이 꺼질 터다.

'이게 옳아. 아들의 복수만이 아니라 제국의 입장에서도.'

그렇게 스스로에게 말해봤지만, 자신의 마음은 아들의 복수를 바라고 있었다. 누가 뭐래도 리오의 망령이 카르니우스의 마음을 흔들었다.

"잠깐! 카르니우스 장군!"

바르카가 황급히 외쳤다. 어째서 협상이 결렬됐는지 이해가 되지 않았다. 흐름은 나쁘지 않았었다. 궁지에 처한 건 제국이다.

"관둬, 파헬. 저 눈을 봐봐. 협상조건 때문이 아니야. 개인적 원한이다."

유릭이 팔을 뻗어서 바르카의 앞을 막았다. 유릭은 입꼬리를 비틀며 사납게 웃고 있었다. 가라앉았던 전쟁의 냄새가 풀풀 풍겼다. 이 자리의 땅을 파면 피웅덩이가 나올 것만 같았다.

카르니우스도 머리가 곤두서는 느낌을 받았다. 유릭의 눈동자는 맹수처럼 원초적이었다.

"바르카 왕에겐 미안하지만, 참으려야 도저히 참을 수 없었소. 우리 제국군은 야만인과 타협하지 않소. 승리만이 있을 뿐"

카르니우스는 치기 어린 기사처럼 외쳤다. 하지만 전투를 피하고 싶었던 건 포를카도 마찬가지였다. 갑작스러운 카르니우스의 선언에 협상자리가 크게 술렁였다.

"아아아……."

고트발과 평화를 주장한 귀족들이 절망에 찬 탄식을 내뱉었다. 평화는 깨졌고 흘릴 건 피뿐이었다.

'어째서.'

협상자리는 혼돈에 빠졌다. 술렁임을 감지한 전사와 기사들이 무기를 뽑을 기세로 앞으로 튀어나왔다.

"물러나시지요, 전하."

포를카나의 기사들이 바르카를 보호하며 나섰다.

유릭은 카르니우스를 끝까지 바라봤다. 그가 고개를 삐딱하게 기울이며 말을 내뱉었다.

"……잃은 건 혈육인가? 아들?"

유릭의 말은 핵심을 찔렀다.

'카르니우스는 전장의 경험이 풍부한 기사다. 동료를 잃거나 패전 정도로 저렇게 깊은 원한을 가지진 않을 거다. 형제를 잃고 통탄할 나이도 아니지. 그렇다면 아들이겠군.'

카르니우스가 뻣뻣하게 고개를 돌리며 유릭을 쳐다봤다.

"이 전투에서 승리해 당당한 아버지가 될 생각이오."

카르니우스가 그리 말하곤 기사들 뒤로 사라졌다. 기사들이 벽처럼 앞을 막아섰다. 대화가 끊기면서 웅성거리는 소란만 커졌다.

"카르니우스가 미쳤군! 그렇게 끙끙거리더니 갑자기 전쟁을 하자고?"

"저럴 거면 왜 협상을 먼저 하자고 나선 건가!"

"북부도 협상조건에 넣은 게 잘못이오! 서부와 포를카나만 협상에 넣었다면 문제가 없었을 겁니다!"

포를카나의 귀족들이 떠들었다. 그들도 협상이 성사되길 원했다.

"결국 피를 흘리겠군, 유릭."

바르카가 비틀거렸다. 그도 다 된 협상이 무너지자 정신적 충격이 상당했다. 유릭은 바르카의 어깨를 잡아 부축했다.

"북부는 표면적인 이유야. 아마 카르니우스는 마음속으로 협상을 원하지 않았던 거지. 그저 협상하지 않을 이유를 찾아내는 게 중요했을 뿐."

유릭는 눈을 흘겨서 멀어지는 카르니우스를 쳐다봤다.

"유릭, 넌 전쟁이 벌어지는데 웃고 있어."

"이왕 전쟁을 하는 거면 웃으면서 하자고."

"⋯⋯미쳤군."

"원래 문명인 눈으로 보자면 야만인은 미친놈들이지."

바르카가 헛웃음을 흘리며 유릭의 가슴을 주먹으로 쳤다.

"이렇게 된 이상 이겨야 해, 유릭. 절대 져선 안 돼."

포를카나-연맹군 진영은 돌아오는 협상단을 보고 있었다. 이미 분위기를 보고 결과를 눈치챈 자들도 있었다.

"뭘 봐? 이 멍청한 자식들아! 전쟁이다! 전쟁! 카타기! 올가! 준비해라! 갑옷과 무기를 닦아! 그 녹슨 날은 뭐야? 적의 목뼈에 도끼가 빠지지 않아 돼지고 싶어?"

유릭이 연맹군 진영에 돌아가서 땅바닥에 꽂힌 무기들을 걸어챴다.

"오우! 오우!"

전투가 벌어진다는 말에 전사들이 흥분했다. 협상이 결렬됐다고 시무룩해하는 전사는 없었다. 그들은 진심이든 허세든 싸움을 반겼다.

"대족장 유릭의 명이다! 싸움을 준비해라!"

카타기가 목청이 찢어져라 외쳤다. 잠을 자던 전사들이 하나둘씩 천막 바깥으로 나왔다. 그들은 자신의 무구를 챙기며 늘어지게 하품을 했다.

"루여, 루여. 어찌하여 또 이런 시련을 우리에게 주시는 겁니까."

고트발이 나무를 붙잡으며 주저앉으려는 몸을 일으켜 세웠다. 흐느끼는 눈시울이 붉었다. 팔을 잃었을 때보다 지금이 더 고통스러웠다.

"전쟁이다!"

전사들이 그리 외치며 주변을 오갔다. 아무도 고트발을 신경 쓰지 않았다. 많은 전사가 고트발을 가시처럼 여겼지만, 대족장의 총애를 받고 있기에 건드리진 않고 없는 사람 취급을 했다.

"이 땅에서 피를 흘리는 게 정녕 당신의 뜻이란 말입니까?"

고트발이 주변을 둘러봤다. 두려움이 담긴 눈동자들이 보였다.

모두가 싸움을 반기는 건 아니다. 사실 대부분의 사람은 전투를 두려워했다. 아닌 척 허세를 부리며 강한 척할 뿐이다. 되도록이면 싸우지 않는 게 최선이라는 걸 모두가 안다. 그렇기에 협상이 이뤄지기 직전까지 갔었다.

'카르니우스 장군은 아들을 잃은 것인가?'

정황상 확실했다. 아들을 잃은 개인적인 원한이 협상의 결렬시킨 원인 중 하나다.

"이것 또한 사랑의 형태겠지."

고트발의 눈동자가 떨렸다. 카르니우스는 아들을 사랑했다.

"고트발! 거기 서 있지 말고 뒤로 빠져 있어. 엄한 화살에 뒈질 수도 있으니까."

유릭이 고트발에게 그리 말하곤 사라졌다.

이미 전사들이 진형을 만들고 있었다. 방패를 갖춘 전사들은 카타기와 함께 전열에 섰고, 몸이 날랜 전사들은 별동대 형태로 올가 휘하에 있었다. 유릭은 천인대장을 맡은 부족장들을 불러 좌익과 우익을 정했다.

"우리가 먼저 들어갈 필요는 없소, 유릭."

룽겔 공작이 그리 말했다.

"알고 있어. 우리가 언덕을 차지하고 있잖아. 중기병의 발을 묶기에 딱 좋은 상황이지."

유릭도 전사들에게 언덕을 내려가지 말라고 미리 말했다.

이번 전투의 핵심은 지형을 누가 잘 이용하느냐에 달렸다.

포를카나-연맹군은 언덕 위에 포진해 있었고, 제국군은 밑에서 진을 치고 있었다. 아무리 제국군의 군마라도 언덕을 달려오면 금방 지칠 터다.

양측의 군대가 전투준비를 끝냈다. 포를카나-연맹군은 제국군이 먼저 공격하길 기다렸다.

"어라? 저쪽도 기다리고 있는데?"

충돌을 기다리며 도끼날을 가다듬던 유릭이 고개를 갸웃했다. 충돌은 하루가 지나도 일어나지 않았다. 서로 닿지 않는 화살을 허무하게 몇 번 날리며 동태만을 살필 뿐이었다.

전투를 기다리던 병사와 전사들도 지루한 듯이 길게 하품하며 교대로 진형을 유지했다. 지루한 대치만이 사흘 동안 계속되었다.

"유릭, 큰일 났어. 제국군이 장기전으로 들어갔다."

바르카가 눈을 가늘게 뜨며 제국군을 바라봤다. 제국군은 미동도 하지 않고 주둔지를 유지하고 있었다. 정교한 제국의 주둔지는 그 하나의 요새나 다름없었다.

"뭐가?"

유릭이 고개를 돌렸다.

"앞으로 열흘이면 우린 굶주려야 해. 포를카나의 군량은 2만에 가까운 병력을 유지할 만큼 비축되지 않았어."

포를카나군의 군량만으로는 포를카나-연맹군을 유지하기에 부족했다. 반면, 제국군은 보급으로 이긴다는 말이 있을 정도로 보급이 탄탄했다.

연맹군은 항상 현지약탈로 보급을 유지했다. 1만 군대가 마땅한 보급로와 보급병도 없이 지금까지 문명세계를 헤집을 수 있었던 이유다. 그들은 새로운 약탈지를 찾아서 끊임없이 움직여야 하는 군대였다.

"예상밖의 상황이로군. 복수에 눈이 먼 아비치고 너무 냉철한걸?"

유릭이 침음을 흘렸다. 제국군은 포를카나-연맹군이 언덕을 포기하고 움직이기만을 기다렸다.

'철혈의 기사.'

모두가 카르니우스의 별명을 잊고 있었다.

카르니우스는 자신의 철칙을 기억했다.

'신중하게.'

객관적인 전력은 제국군이 앞서고 있다. 숫자는 비슷해도 질적으로 제국군이 압도했다. 특히나 2만 제국군 중에서 중기병의 숫자는 3천이 넘었다. 지형의 우위만 잡는다면 그 3천의 중기병만으로도 적들을 유린할 수 있다.

'저들은 중기병의 발을 묶어두고 싶을 거다. 언덕 위에 자리를 잡은 것도 그 때문이지.'

중기병의 돌파력을 제외하고 싸운다면 카르니우스조차 승산을 장담하기 힘들었다. 서부의 약탈자들은 보병전과 난전에 강했다. 특히나 제국제 무구로 무장한 야만전사들은 무지막지한 전력이었다.

"놈들은 북부인처럼 고집을 부리지 않아. 우리의 전략과 전술, 무구까지 그대로 쓰고 있네. 그저 가죽을 둘러쓴 야만인이 아니지."

카르니우스가 부관들을 모아두곤 전략회의를 했다.

"약탈자들에게 합류한 배신자들은 전황이 크게 흔들리면 금방 이탈할 겁니다."

용병들은 충성심이 없다. 상황이 불리해지면 이탈하기 일쑤다. 서부의 약탈자에 합류한 문명인 용병들도 별반 다르지 않다.

"굶주리다 보면 언덕을 포기하고 내려오겠지."

카르니우스는 지도를 바라보며 예상되는 퇴로를 가리켰다.

제국군은 포를카나-연맹군의 상황을 금방 파악했다. 군대는 존재만으로도 돈을 잡아먹는 괴물이다. 포를카나는 그만한 군량과 여윳돈을 평시에 비축해 두지 않는다.

'좋은 터에서 우리를 기다리고 있었다고 생각했겠지만, 오히

려 스스로 고립시킨 형국이지. 추가보급을 받지 못하면 자멸할 뿐이다.'

카르니우스는 적들이 내려오길 기다렸다. 2만 제국군은 두어 달을 버틸 보급이 있었다. 여차하면 보급부대만 따로 운용해 추가보급도 가능했다.

"화평은 아무래도 황제폐하의 판단실수인 듯합니다. 저 멀리서 이곳의 상황을 보지 못하니 어쩔 수 없겠죠."

기사들에겐 여유가 있었다. 화평은 결렬이지만, 막상 전투에 들어가니 전황은 제국에게 유리했다. 화평을 맺으려 했던 게 바보 같았다.

하지만 정작 전투를 선언한 카르니우스의 생각은 달랐다.

'우린 이곳 전선을 최대한 빨리 정리하고 북부전선으로 올라가야 한다. 북부전선이 깨지면 이곳에서 승리하더라도 제국의 위기가 끝나지 않아.'

카르니우스도 여유는 없었다. 황제가 화평을 청한 것도 제국의 군사력을 북부에 집중시킬 필요가 있었기 때문이다.

'제발, 내려와라.'

회의를 끝낸 카르니우스가 저 멀리 언덕을 쳐다봤다. 아직도 포를카나-연맹군은 미동하지 않았다.

제국군의 주둔지는 완벽했다. 주둔지의 여러 시설과 막사는 교본대로 정해진 위치에 있었다. 교육받은 제국군인이라면 처음 오더라도 주둔지의 모든 시설을 찾아갈 수 있었다.

카르니우스는 기도실로 향했다. 그는 아무도 없는 걸 확인하곤 태양성물 앞에 무릎을 꿇었다.

"태양신 루여, 제 선택이 잘못되지 않았다는 걸 증명해 주시옵소서. 당신의 용기와 지혜가 제게 필요합니다."

카르니우스는 기도를 하며 불안감을 지웠다. 기도실에서 나온 그의 얼굴에는 방황이나 흔들림이 없었다.

'이미 칼은 뽑았다. 뒤를 돌아보면 내가 죽을 뿐.'

카르니우스는 군대의 규율이 흐트러지지 않도록 막사를 돌아다니며 병사들을 독려했다.

Chapter 4

　포를카나-연맹군은 식량배급을 줄였다. 먹는 양이라도 줄여서 시간을 벌고 있었다. 아직까지 상황을 타개할 계책은 나오지 않았다. 사기는 떨어지고 군대의 불만은 커져갔다.

　특히나 문명인 용병들은 언제 군대를 이탈할지 모르는 상황이었다.

　"게오르크, 최대한 이탈을 막아. 그 헛바닥을 잘 굴려보라고."

　유릭과 게오르크는 회의에 참석하기 위해 나란히 걸어가고 있었다.

　"전리품에 호소하는 것도 한계가 있습니다. 재산이야 다시 모을 수 있지만, 목숨은 하나뿐이죠. 저도 지금 도망갈까 말까 생각하고 있을 정돕니다."

"도망가는 건 좋은데 나한테 붙잡히진 마. 이번엔 가죽을 벗겨 버릴 테니까. 어쨌든 문명인 용병대가 이탈하면 군대 전체에 영향이 커. 무슨 수를 쓰더라도 붙잡아 둬."

"그러려면 희망이 필요합니다, 유릭. 이길 수 있다는 희망 말이죠."

게오르크도 문명인 용병대를 매일 설득하고 있었다. 영향력 있는 부대장들을 찾아가서 보상을 약속하고 전우애를 호소했다. 하지만 전황이 더 악화되면 그들은 연맹군에서 빠져나갈 터다.

"하하, 그냥 정면으로 들이밀어 버릴까?"

유릭이 휘파람을 불며 말했다. 게오르크가 고개를 절레절레 저었다.

"그게 가능했다면 우리가 포를카나로 들어오지도 않았겠죠."

연맹군은 중기병의 위력을 잘 안다. 중기병은 제국군의 핵심 병력이었다. 설사 말이 없더라도 기사와 중장보병들은 무지막지한 전투병력이다. 과거에는 중장보병과 하마(下馬)기사들만 나타나도 부족전사의 피해가 막심했다.

'하지만 이제 중보병전이라면 해볼 만해. 갑옷을 상대하는 요령도 다들 늘었지.'

연맹군 내에는 철갑으로 무장한 전사들이 다수 있었다. 연맹군 진영을 돌아다니다 보면 사슬갑옷이 철렁거리는 소리를 흔하게 들을 수 있었다. 부족장이나 전사장급이 되면 강철갑옷도 더러 걸치고 있었다.

서부의 부족전사들은 철갑옷을 동경했다. 원래 갑옷문화가 거의 없다시피 했던 서부의 전사들은 전리품으로 획득한 철갑옷을 자랑으로 여겼다. 그들은 적들의 무구를 적극적으로 사용했다.

"언제까지 언덕에만 있을 순 없소."

"보급로를 개척하는 게 어떻습니까?"

"우리가 보급부대를 보내면 제국군이 잘도 구경하겠소."

"그냥 내려갔다간 기병의 먹이가 될 거요."

포를카나-연맹군의 회의는 시끄럽기만 하고 별다른 방책이 나오지 않았다. 다들 발만 동동 굴렸다. 이대로 언덕에 있다간 죄다 굶어 죽을 터다. 그전에 굶어서 사기가 내려가면 제국군이 밀고 올라올지도 모른다. 아무리 뛰어난 전사라도 굶어가며 싸우진 못한다.

"유… 릭."

유릭은 회의를 지켜보다가 익숙한 목소리에 고개를 돌렸다. 병든 사람처럼 항상 우울한 올가가 뒤에 서 있었다.

"왜?"

"할 말… 이 있… 다."

어차피 지금 회의에서 답이 나오진 않을 것 같았다. 유릭은 자리를 비우곤 올가를 따라 밖으로 나갔다.

"대족장 유릭."

유릭이 잠시 눈썹을 꿈틀거렸다. 올가를 따라가니 푸른안개 전사장이 그를 기다리고 있었다.

'지금 상황에 반란인 건가?'

유릭은 눈동자를 굴렸다. 주변은 한적했다. 푸른안개 전사 수어 명만이 보였다.

'올가는 원래 사미칸이 중용하던 전사였지. 푸른안개 부족과 친할 만도 해. 여기서 나를 죽일 셈인가?'

유릭이 숨을 크게 들이마셨다. 올가를 믿고 있었지만 이렇게 뒤통수를 맞았다.

"내 목을 노린다면 지금 덤벼라. 상대해 주지."

유릭이 망설임 없이 칼을 뽑았다. 잠깐만 버티면 소란을 들은 전사들이 모여들 터다.

"무… 슨 소리냐?"

올가가 오히려 눈을 크게 뜨곤 웃었다. 푸른안개 전사장도 헛웃음을 지으며 고개를 저었다.

"서부의 운명이 걸린 싸움을 앞두고 내전을 벌일 생각은 없소. 아직 푸른안개는 부족장조차 내정되지 않았지. 우리가 적이 되더라도 나중의 일이오, 대족장."

푸른안개의 내부 상황도 복잡했다. 사미칸의 존재가 워낙

컸기에 쉽사리 다음 족장을 뽑지 못했다. 임시로 전사장이 족장대리를 하고 있을 뿐이었다.

"아, 아. 그래?"

유릭이 멋쩍게 뒤통수를 긁었다. 괜히 혼자서 난리를 친 것 같아 얼굴이 붉었다.

"사미칸이 대족장이었을 때, 연맹은 곧장 제국의 수도를 공략하려 했소."

"그랬지."

유릭이 대족장이 되고 나서 연맹군의 방침은 바뀌었고, 제국군의 본대를 피해 다녔다.

건강이 안 좋았던 사미칸은 단기결전을 준비했었다. 그가 아직도 대족장이었다면 진작 제국과 서부의 결판이 났을 것이다.

"사미칸이 제국의 중기병을 상대로 쓰려고 했던 무기와 전술이 있소."

푸른안개 전사장이 손짓을 했다. 창을 든 전사 두 명이 즉석에서 시범을 보였다.

뿌득.

전사들은 창 한 자루를 부러뜨리더니, 다른 창에 연결해서 고정했다. 두 자루를 연결한 창의 길이는 장정 두 사람의 키보다 더 컸다. 여덟 걸음 바깥에서도 찌르기가 가능한 길이였다.

"그렇게 긴 창을 어떻게 쓰겠다는 거야?"

유릭은 그렇게 말은 했지만, 눈동자는 호기심으로 반짝였다. 일반적인 전투용도로는 쓰기 힘든 길이의 창이었다. 유릭은 저런 창을 든 병사라면 열 명이라도 쉽게 상대할 수 있을 것 같았다.

"저들이 쓰는 기병창보다 더 긴 창이오. 이걸 들고 뻗기만 해도 저지력이 생기지. 저들의 공격은 우리에게 닿지 않고, 우리의 창은 저들에게 닿을 거요."

전사들은 창대의 끝을 발이나 땅바닥에 대고 고정했다.

유릭은 눈을 크게 뜨곤 중기병이 달려오는 모양새를 상상했다. 저지가 될 것 같았으나, 새로운 전술은 실전에서 써보지 않고서는 확답을 얻기 힘들다.

"사미칸이 고안한 건가?"

"푸른안개 전사들만이 몇 번 연습한 정도요. 사미칸도 확신하진 못했소. 제대로 해보기도 전에 하늘로 올라갔지."

그 말을 들은 유릭이 턱을 매만졌다.

'약에 취해 제국과 싸우자고 헛소리만 하는 게 아니었군. 사미칸도 나름 제국군과 싸울 방책을 계속 궁리했었어.'

말이 없던 서부에서는 중기병을 양성하지 못한다. 다른 병과로 중기병과 맞설 방법이 필요했었다. 사미칸은 오래전부터 그 방법을 궁리했었을 것이다.

"어지간히 용감하지 않으면 힘들겠군."

유릭이 기다란 창을 뺏다시피 하며 들었다.

'중기병이 달려오는데 창 한 자루만 믿고 자리를 지키려면 엄청난 담력이 필요할 거다.'

중기병이 달려오면 본능적으로 옆으로 피하고 싶어진다. 그 공포를 이겨내고 자리를 지킨다면 중기병의 허를 찌를 수 있었다.

"사미칸은 이렇게 긴 창을 든 푸른안개 전사들로 방진을 짤 생각이었소. 방진 훈련이 잘된 부족은 우리밖에 없지."

말끝에서 자부심이 묻어 나왔다. 사미칸의 지휘 아래에서 서부를 정벌했던 자들이다. 바위도끼 부족조차 그들에게 패했었다.

'푸른안개 전사들은 서부정복 때부터 방진으로 싸웠어. 제국의 직업군인들만큼이나 규율이 잘 잡힌 자들이지.'

유릭은 희미한 빛을 보았다. 사미칸이 남긴 유산이 연맹에 있었다.

"유릭, 가장 우… 수한 전사들만 모아 저걸 배… 우게 해라."

올가가 더듬거리며 말했다. 단시간에 저런 전술을 소화하려면 연맹군 내에서도 날고 기는 전사들을 모아야 했다. 중기병과 정면으로 마주하고도 웃을 수 있는 담력과 긴 창을 자유자재로 다루는 실력이 필요한 역할이다.

"부대는 내… 게 맡… 겨라, 넌 날 믿고 대… 우했다. 보… 답하지."

올가가 검게 물든 이를 드러내며 웃었다.

유릭은 곧장 모든 부족장과 전사장을 소집했다. 전사들 중에서도 가장 실력이 좋은 자들만 따로 차출했다.

푸른안개 전사까지 합해서 약 3천의 전사들이 따로 모여 교육과 훈련을 받았다. 그들은 창을 부러뜨려 연결하고, 칼날을 따로 뽑아 조립해서 대기병 장창을 만들었다. 대기병 장창을 급조하느라 버려지는 무기들이 주둔지 한구석에 쌓였다.

유릭은 다음 회의에서 대기병 전술을 시연했다.

"잘 봐. 이렇게 해서 중기병을 막는다는 거지."

포를카나 귀족과 기사들이 유릭의 행동을 바라봤다. 유릭은 기이할 정도로 기다란 창을 들고 있었다.

유릭이 장창을 고정하듯 뻗었다. 앞에서 달려오던 포를카나의 중기병은 움찔하며 멈췄다. 기병창보다 훨씬 길었기에 가능한 일이었다.

"오오, 과연."

그 광경을 지켜보던 귀족과 기사들은 눈을 동그랗게 떴다. 중기병은 지금까지 절대적인 병과였다. 다른 병과의 힘으로 파훼하는 건 불가능에 가까웠다.

"그럴싸해 보이지만 실용성이 있는지는 의문이오. 중기병이 달려오는데 뒷걸음질 치거나 누군가 겁을 먹는다면 오히려 진형이 깨져서 학살당하겠지. 고작 창이 좀 길다고 막을 수 있었다면 진작 우리도 했을 거요."

룽겔 공작이 인상을 찌푸리며 말했다. 그의 말도 타당했다.

"우린 너희와 달라. 적이 무섭다고 도망가지 않아. 옆에서 시체가 나뒹굴어도, 배가 찢어져서 내장이 쏟아지더라도 할 일을 하지. 우린 태어날 때부터 전사다."

유릭이 룽겔 공작을 비웃듯 말했다. 룽겔 공작의 얼굴이 살짝 붉어졌다.

"만약 그 방법이 실패하면? 우린 몰살이요."

룽겔 공작은 유릭의 전술에 반대했다. 야만인이 고안한 전술만 믿고 싸울 순 없었다.

"……아니면 같이 굶주리는 것 말고 다른 방법이 있던가? 내 배에서 꼬르륵 소리가 나거든 네 혓바닥부터 구워 먹을 거야. 간수 잘해."

"이, 이……!"

룽겔 공작이 입을 크게 벌렸다. 그는 소리를 내지르려고 했으나 앞으로 나선 바르카를 보곤 입을 다물었다.

바르카와 유릭의 눈이 마주쳤고, 바르카는 말없이 고개만 끄덕였다.

장창을 훈련할 시간은 많지 않았다. 삼 일에 걸친 적응훈련이 고작이었다. 그러고도 많은 전사들이 장창의 무게중심과 용도를 낯설어했다. 그들은 직접 휘둘러 적을 공격하는 무기를 선호했다.

장창은 수동적이며 수비적이다. 밀집대형에 의지해 중기병을 저지하는 역할이었다. 야만전사 특유의 공격성을 자제하고 철저하게 규율을 지켜야 했다.

'규율.'

유릭은 장창부대를 보며 읊조렸다. 전쟁에서는 개개인의 전투력이 전부가 아니었다. 부대마다 자신의 역할을 수행하는 편제와 규율이 중요했다. 제국군이 전쟁에 강한 것도 그 때문이었다.

'사미칸은 일찌감치 규율의 중요성을 알았지. 푸른안개 전사들의 무구도 나름 통일시켜서 방진을 활용했어. 문명의 전략전술을 가져온 노아 덕분이었을 거다. 일찍 눈이 깨인 거지.'

유릭도 문명세계를 일찍 접했으나, 그의 관심은 문명과 문화 그 자체였다. 사미칸은 철저하게 자신의 야망을 위해 전략전술만을 탐했다.

"이제 와서 사미칸의 유산을 쓸 줄이야. 한 치 앞도 보기 힘든 게 이 세상이로군."

유릭은 제단을 바라봤다. 육손이가 전투에 앞서서 공물을 바쳤다. 원래는 중요한 전투라서 포로의 배를 갈라 인신공양을 하려고 했으나, 포를카나와 연합하는 만큼 소로 대신했다. 인신공양을 한다면 포를카나의 사기가 떨어질 게 뻔했다.

'육손이도 지금은 얌전하지만 앞으로 어떤 행동을 할지 몰라. 내게 충성하는 게 아니라, 그저 사미칸이 싫어서 나를 지지한 놈이니까. 사미칸이 없어졌으니 날 밀어줄 이유가 없지.'

유릭은 제의식을 바라보며 이런저런 생각을 했다. 연맹에 속한 중요인물을 볼 때마다 정치적인 판단이 먼저였다.

'자리가 사람을 만든다고 하더니……'

유릭은 자조하며 킥킥 웃었다. 사미칸의 마음도 이해가 됐다.

'대족장의 자리에 올라서니 뭐든 의심스럽고, 한 번 더 생각하게 돼. 옛날처럼 단순하게 생각하기 힘들어.'

올가와 푸른안개 전사장과 마주했을 때도, 반란이라는 생각이 먼저 들었을 정도다.

촤악!

육손이가 소의 내장을 꺼내 바닥에 뿌렸다. 그러곤 아직도 펄떡 뛰는 소 심장을 들어 올렸다.

"우오오오오!"

전사들이 함성을 내질렀다. 심장이 신선하게 뛰고 있으니 하늘의 가호가 그들에게 있는 셈이었다.

"대족장."

육손이가 무릎을 꿇고 소 심장을 들어 올렸다. 피가 육손이의 손을 타고 뚝뚝 떨어졌다. 기괴한 광경에 포를카나 귀족들은 자기네들끼리 욕설을 내뱉었다.

으적, 으적.

유릭은 소 심장을 한 입 깨물어 뜯었다. 피가 입안 가득 퍼졌고, 이마저 붉게 물들었다.

꿀꺽.

심장을 한 입 삼킨 유릭이 팔을 들곤 소리를 질렀다. 익히지 않은 심장을 먹을 정도로 유릭은 건강했다. 선대 대족장 사미칸이 건강에 문제가 있었던 만큼 유릭은 자신의 육체를 과시했다.

쿵, 쿵.

전사들이 발을 구르며 전투를 준비했다. 그들은 제각기 다른 곳에서 노획한 투구와 갑옷을 입었다. 특히 장창부대의 무장상태는 뛰어난 편이었다. 그들 전원이 철갑옷으로 무장했다. 전진할 때마다 사슬이 철렁거리는 소리가 났다.

"연습하긴 했는데 이게 효과가 있을까?"

"효과가 없으면 사이좋게 죽는 거지."

전사들이 넉살 좋게 웃으며 옆 사람을 확인했다.

장창방진은 고슴도치처럼 오밀조밀하게 뭉쳐야 했다. 제국 진법인 고슴도치의 진을 응용한 셈이다.

고슴도치 진은 제국군이 2인 1조로 방패와 창을 이용해 상대를 압박하는 전천후 방진이었다. 전문군인인 제국군만이 소화할 수 있었다. 방진은 옆 사람을 믿지 못하면 성립이 되지 않는다. 농민병이나 노예병 같은 징집병에게 바랄 수 없는 전술이다.

부족전사의 사기와 담력은 전문군인 이상이었고, 부족의 또래 사내들과 사냥 무리를 만들어 죽을 때까지 함께했다. 야만인 특유의 무질서만 뺀다면 좋은 군인이 되기 위한 조건은 충분했다.

"절대 멋대로 이탈하지 마라."

부대장을 맡은 전사들이 몇 번이고 강조했다. 전투광기에 휩쓸려서 진영을 스스로 무너뜨리면 옆에 있던 형제들이 죽는다.

장창부대는 천인대씩 묶어서 셋으로 나눴다. 가장 중앙에 장창부대 하나를 배치했고, 군대 좌우에도 하나씩 배치했다. 어느 방향에서 중기병이 오더라도 대응할 수 있는 형태였다.

"우린 기병돌격에만 맞선다. 일반전투에는 나서지 마."

부족장이자 천인대장들이 그리 말했다. 중앙 장창부대는 서리뱀의 올가가 맡았다. 그의 옆에는 부족어 통역이 달싹 붙어서 명령을 전달했다.

'사미칸은 이걸로 중기병을 막을 수 있을 거라 말했지.'

올가는 창을 주 무기로 쓰는 전사다. 그런데도 장창이 여전히 낯설었다. 그 효율성에도 의문이 갔다. 그 누구도 이런 장창을 실전에서 써본 적이 없었다.

'죽은 사미칸의 통찰력을 믿어야 하다니……'

올가는 피식 웃었다. 사미칸은 여러모로 대단한 인물이었다. 건강악화만 아니었다면 더 많은 일을 했을 것이다.

포를카나의 군대는 후열에서 보조병을 맡았다.

포를카나에도 중기병이 오백가량 있었다. 하지만 제국의 중기병에 비하면 전투경험도 장비도 턱없이 부족했다.

포를카나-연맹군이 진영을 갖춘 채로 언덕을 내려왔다. 제국군도 합을 맞추듯이 진영을 앞으로 당겼다.

장창부대는 자신의 창을 드러내지 않았다. 그들은 움직이기 불편하더라도 창을 허리 높이로만 들어서 숨겼다. 새로운 전술은 첫 교전에서 가장 큰 힘을 발휘한다. 상대가 대응할 수 있는 틈을 주지 않았다.

끼릭, 끼릭.

쇠뇌를 장전하고, 활시위를 당기는 소리가 사방에서 퍼졌다.

연맹군의 전사들은 대부분이 숙련된 궁수나 마찬가지였다. 원거리 교전을 번갈아 하면 연맹군이 쏘는 화살이 훨씬 많았다.

"발사!"

유릭이 칼을 앞으로 뻗으며 외쳤다. 활을 가진 전사들이 일제히 사격을 했다.

후두두둑!

곡사로 뻗은 화살은 제국의 개량쇠뇌와 맞먹는 사정거리였다. 활을 쏘는 속도도 연맹군이 더 빨랐다.

퉁! 퉁!

전열로 나온 제국 쇠뇌병들은 등에 멘 고정식 대형방패를 꺼내 앞에 박았다. 무게만 10근 전후인 대형방패는 장전시간이 긴 쇠뇌병의 전쟁보급품이었다.

투두두둑!

연맹군의 화살이 고정식 대형방패에 가로막혔다. 보급병들이 힘들게 가져온 보람이 있었다. 안전하게 장전을 마친 쇠뇌병들이 얼굴만 잠깐 내밀어 사격을 했다.

오가는 화살의 숫자는 연맹군이 훨씬 많았지만 사상자는 제국군이 훨씬 적었다. 제국군 내부에는 운이 나빠 화살에 맞은 자들을 제외하곤 별다른 피해가 없었다.

"아야, 아아아."

팔다리에 화살을 맞은 전사들이 화살을 뽑으며 투덜거렸다.

"여기 방패 좀 갖다줘. 빌어먹을 놈들."

전사들도 방패를 들었지만 전신을 막기엔 무리였다. 몸통은 막아도 팔다리는 여전히 노출됐다.

"여기 시체 좀 끌어내! 걸리적거리잖아."

전사들이 소리를 쳤다. 그들은 입으로 떠들면서도 활시위를 꾸준히 당겼다.

"치카카!"

유릭이 피르가모 부족의 치카카를 불렀다. 출정 때는 5백이었던 산양전사도 3백으로 줄었다. 전투산양이 기후에 적응하지 못하고 죽은 탓도 있었고, 척후병 같은 위험한 임무를 도맡았던지라 죽은 자가 많았다.

"방패 뒤에서 숨은 놈들을 혼꾸멍내 줘."

치카카가 입만 웃으며 나무가면을 썼다. 그들은 이질적인 존재였다. 문명세계에서만이 아니라 연맹군 내에서도 독보적인 전사들이었다.

타닥, 타닥.

연맹군의 진영이 벌어지면서 좌측으로 산양전사들이 빠르게 달려 나갔다. 3백의 산양전사는 각궁을 들고 있었다. 그들은 체구가 어린애만큼 작아서 목궁으로는 충분한 장력을 얻지 못한다.

각궁은 탄성이 좋아서 활시위가 짧아도 무시무시한 장력을 얻을 수 있었다. 대신에 무척이나 만들기 힘들어서 피르가모 부족에서도 산양전사들만 쓰는 비장의 무기였다.

끼이이익!

각궁이 크게 휘었다. 탈것을 타고도 활을 자유자재로 쓰는 전사는 피르가모가 유일했다. 문명세계에서도 충격적인 전투병과였다.

"카아아악!"

산양전사들은 단숨에 쇠뇌부대의 측면으로 돌았다. 대형방패로 보호하지 못하는 각도에서 화살을 연달아 갈겼다. 쇠뇌병들이 대응해 보지만 산양을 타고 있는 전사들을 맞히긴 힘들었다. 체구가 작은지라 맞을 것도 피했다.

"전부 죽여라!"

치카카가 사납게 외쳤다.

가면을 쓴 난쟁이 전사들은 문명인들의 눈에는 괴물이었고, 기괴하게 다리근육이 발달한 전투산양들은 이교도의 비술로 만든 괴수였다.

산양전사는 서부에서도 인간사냥꾼이라고 불렸다. 야만인이 문명인을 사냥한다면, 그 야만인을 사냥한 자들이 피르가모 산양전사들이었다. 먹이사슬의 정점에 있는 전사였다.

'산양전사가 지금보다 서너 배만 더 있었어도……'

전황을 보는 연맹군의 전사들은 다들 그렇게 생각했다. 아군이 되니 든든하기 짝이 없었다. 기동력과 살상력을 둘 다 갖춘 무적의 전사들이었다.

'하지만 산양전사의 숫자가 수천에 이르렀다면 서부의 주도권을 잡은 건 피르가모 부족이겠지.'

산양전사가 몇 번 오가자 쇠뇌병들은 후열로 도망가기 바빴다.

"길을 열어! 산양전사가 돌아온다!"

치카카는 전투산양의 상태를 확인하곤 연맹군 진영으로 돌아왔다. 산양전사들은 자신의 역할을 마치고 휴식을 취했다.

"괴, 괴물이야. 도대체 뭐야! 저놈들은!"

아군 진영으로 돌아간 쇠뇌병들이 벌벌 떨었다. 정체를 모르기에 더 두려웠다. 적어도 야만인은 문명인과 똑같은 사람의 모양새라도 하고 있었다.

"중장보병! 앞으로!"

카르니우스가 명령을 내렸다.

제국의 주축인 중장보병이 움직였다. 전원인 직업군인이며 철갑옷과 방패로 무장하고 있었다. 무기도 상황에 따라 바꿔 사용하는 최정예 병력이었다. 말을 타지 않을 뿐이지, 그 전투력은 어지간한 왕국의 기사와 맞먹었다.

"드디어 오는군."

포를카나-연맹군 지휘부가 웅성거렸다. 견제가 끝나고 본격적인 교전의 시작이었다.

"장창부대는 2열로 빠져. 중기병이 돌격하기 전까지 모습을 드러내지 마."

유릭의 명령이 전달되자마자 장창부대는 1열 뒤에 바짝 붙어 따라갔다.

'뒤에서 구경만 하자니 근질근질하군.'

유릭이 고개를 삐딱하게 좌우로 흔들었다. 그는 말을 타고 지휘부와 함께 움직였다. 워낙 진형 싸움이 중요한 전투인지라 대족장이 선두에 선다면 지휘가 불가능했다. 무작정 앞으로 나가서 사기를 올린다고 이길 전투도 아니었다.

"장창부대로 중기병을 받아치는 시기를 잘 잡아야 돼. 그게 실패하면 우린 끝장이야, 유릭."

바르카도 전략전술의 핵심을 알았다. 그도 초조한지 몇 번이나 강조했다. 군사적 능력이 미흡한 바르카는 유릭에게 의존할 수밖에 없었다.

유릭은 선두에 서고 싶은 충동을 참으며 전황을 지켜봤다.

"와라! 오라고! 이 겁쟁이들아! 창녀가 너희들보단 더 용감하겠다!"

서로의 외침이 들릴 정도로 거리가 가까웠다. 전사들이 으르렁거리며 도끼와 창 따위를 무의미하게 던지며 도발했다.

비록 언어는 다르지만 욕설만큼은 통했다.

"말똥 같은 새끼들아! 우리 집 개새끼가 너희들보단 깨끗하겠다!"

말로는 서로 자신감이 넘쳤지만 전사고 군인이고 할 것 없이 손가락이 미미하게 떨렸다. 그 누구보다도 상대의 전투력을 잘 알고 있었다.

"장군, 우회할 곳이 몇 없지만 언덕 밑자락을 끼고 돌면 충분히 가능할 듯합니다. 전열을 부딪치고, 기병으로 돌아서 놈들을 깨뜨리지요."

지형을 살피고 온 부관이 카르니우스에게 말했다. 중장보병이 충돌하는 동안 기병이 우회할 만한 경로가 몇 군데 있었다. 지형은 조금 험했지만 튼튼한 군마라면 충분히 할 만했다.

제국 중기병의 역할은 두 가지였다. 하나는 전열돌격을 반복해 보병의 진영을 깎아 부수는 것. 다른 하나는 전열에서 충돌하는 보병들을 모루로 삼고, 기병을 망치처럼 운용해 적의 측면이나 후방을 공격해 깨부수는 것.

카르니우스는 두 번째 운용방식을 택했다. 이제 좌익과 우익 어느 쪽으로 중기병을 보낼지 결정해야 했다.

"후우."

카르니우스가 심호흡하며 태양 목걸이를 꺼내서 만졌다. 마음의 안정을 찾으며 아들의 이름을 읊조렸다.

'리오, 오늘만큼은 네게 자랑스러운 아비가 될 것이다.'

카르니우스가 눈을 뜨며 기병대에게 명령을 내렸다.

Chapter 5

딸깍, 딸깍.

땅을 두드리는 말발굽 소리가 난다.

중기병의 태반이 기사로 이루어져 있다. 직업군인제를 차용한 제국이라도 스스로 기사라고 지칭할 수 있는 자들은 귀족들뿐이다. 가끔 평민이 출세해 기사의 자리까지 오르는 자도 있었으나 전쟁이 한창이던 시기에나 있었던 일이었다.

명예와 희생을 아는 자. 기사란 단순한 군인 이상의 의미를 가지고 있다.

기사들의 겉옷에는 가문의 문양이 박혀 있었다. 부유한 기사들은 갑옷에 통째로 양각을 새기기도 했다.

중기병 중에서도 유독 갑옷이 번들거리는 자들이 있었다.

강철기사라 불리는 황제직속기사단이었다. 광택이 흐르는 강철갑옷은 제국공방에서도 소량만 생산되는 명품이다. 기존 철무구보다 훨씬 우수한 강철무구가 왜 소량만 생산되는지는 제국의 황실만 알 뿐이다.

중기병의 돌격을 이끄는 자는 하르만이었다. 그는 강철기사단에서 10년 동안 몸을 담은 기사였다. 명령을 하달받은 하르만은 손을 높게 들었다.

"돌- 격!"

하르만이 투구가리개를 닫으며 외쳤다. 기병들이 말의 옆구리를 차며 몸을 앞으로 숙였다.

두두두두두!

묵직한 중기병이 땅을 박찰 때마다 먼지가 크게 일었다. 아군이 아닌 적군이 봐도 중기병이 온다는 걸 알 수 있었다.

바르카는 피어오르는 먼지를 보며 눈을 크게 떴다.

"유릭!"

"알고 있어. 나도 눈이 달려 있다고, 멍청아."

유릭이 한쪽 눈을 찌푸렸다. 이미 전열에서는 두 군대가 맞붙어서 뒤엉켰다. 제국군의 중장보병들은 가지런하게 대열을 유지하며 달라붙었다. 일선의 전사장들이 난전으로 유도하려 해도 제국군의 진열은 깨지지 않았다.

'빌어먹을.'

유릭은 초조했다. 기병대가 달려오고 있어서가 아니었다. 형제들이 처절하게 싸우고 있는데 뒤에서 구경하는 처지인 게 한심했다. 아무리 필요한 일이라지만 목구멍에 가시가 걸린 느낌이었다.

"왼쪽?"

먼지가 일어나는 쪽은 왼쪽이었다. 유릭은 기수를 불러서 신호를 보냈다.

뿌우우우!

뿔나팔 소리가 연맹군 진영에 쩌렁쩌렁 퍼졌다. 올가를 비롯한 장창부대장들이 기수의 신호를 확인했다. 전장에 나간 자들은 전황을 보기 힘들다. 그저 지휘부의 판단이 옳길 바라며 따라갈 뿐이었다.

"왼쪽이다!"

셋으로 나뉜 장창부대는 좌익으로 진영을 이동했다. 적의 중기병은 충분히 시간을 두고 달려오고 있었다. 장창부대로 모일 여유가 있었다.

"루여……."

바르카는 이동하는 장창부대를 보며 기도를 했다. 최선을 다했으니 승패는 신에게 맡길 수밖에 없었다.

반면에 유릭은 눈을 크게 뜨고 끝까지 전황을 지켜봤다. 그가 입을 크게 벌렸다.

"제기랄!"

오른쪽 눈을 감다시피 한 유릭이 황급히 소리를 질렀다. 그 목소리에 지휘부의 사람들이 깜짝 놀라 유릭을 쳐다봤다.

"무슨 일이오? 작전대로 되고 있잖소."

룽겔 공작도 당황하며 유릭의 말을 재촉했다.

"아니야, 다시 기수에게 신호를 보내! 왼쪽이 아니라고! 다시 장창부대를 원래 진영으로 돌려보내!"

기수도 뻘뻘 땀을 흘리며 깃발을 높게 들어 올렸다. 나팔수도 신호를 보냈지만 이미 움직이고 있는 장창부대는 반응이 느렸다. 부대와 부대가 뒤엉키기에 원래 위치로 돌아가는 건 훨씬 오래 걸린다.

"아, 아아아!"

이제야 다른 이들도 유릭의 말뜻을 이해했다.

'예전 같았으면 진작 알았을 텐데!'

유릭의 시력은 옛날 같지 않다. 그는 왼쪽에서 달려드는 기병들을 바라봤다.

"지금 오는 건 중기병의 돌격이 아니야! 진짜는 오른쪽으로 온다! 빨리 신호를 보내!"

룽겔 공작도 소리를 버럭버럭 질렀다. 답답해진 그가 직접 깃발을 들고 우측으로 흔들었다. 신호를 열심히 보낸다고 해서 군대가 더 빨리는 움직이는 건 아니었다.

"카르니우스나 되는 양반이 이런 얕은수를!"

포를카나의 귀족들이 버럭버럭 화를 냈다.

'전면에는 중기병을 배치하고, 경기병을 뒤에 붙여서 수가 많아 보이게 불렸어.'

유릭은 이를 악물었다. 얕은수가 아니었다. 허를 찌르는 좋은 전술이었다.

'제국이 장창부대의 존재를 알 리는 없어. 그저 한번 공격하기 전에 속임수를 섞은 거지. 빌어먹을. 경험이 절절 묻어 나오는 수법이로군.'

포를카나-연맹군이 대응하기도 전에 진짜 중기병부대가 모습을 드러냈다. 그들은 빠른 속도로 포를카나-연맹군의 우측을 향해 달려왔다.

"밀집해! 방어를 굳혀라! 놈들이 온다!"

포를카나-연맹군 우익에서는 대장급 전사들이 소리를 질렀다. 그들도 저 앞에서 달려오는 중기병들을 발견했다.

왼쪽으로 쏠렸던 장창부대들은 우익에 자리를 잡지 못했다. 숨기고 있는 장창 때문에 기동도 불편했었다.

"창을 버리지 마라!"

장창부대장이 소리를 질렀다. 흥분한 전사들이 장창을 내던지고 달려들 것처럼 어깨를 들썩였다. 진형을 유지하지 않고 달려 나가면 충분히 중기병의 돌격에 맞춰서 도착할 수 있었다.

'하지만 진형을 유지하지 않고 가 봐야 무의미하게 죽을 뿐이다. 아무리 늦어도 진형을 유지해야 돼.'

야만전사들 입장에선 속이 터지는 일이었다. 코앞에 적이 있는데도 빙빙 둘러서 이동하고 있었다. 규율이고 뭐고 집어던지고 싶었다.

"이게 뭐 하는 짓이야! 우린 싸운다! 우아아아아!"

전사 중 일부가 장창부대를 이탈하려 했다. 그들은 불편한 장창을 내던지고 칼과 도끼를 뽑았다.

푸- 욱!

선동을 하던 전사가 창에 찔려 쓰러졌다. 창을 찌른 사람은 올가였다. 그는 눈을 가늘게 뜨며 전사들을 노려봤다.

"이탈… 하면 나… 한테 죽는다."

올가가 서늘하게 말했다. 그도 이번 전술의 중요성을 잘 안다. 장창부대가 활약을 하지 못하면 승산이 없었다.

'규율……'

올가가 중얼거렸다. 용맹과 광기보다 규율이 중요한 전투였다.

'이건 우리에게 시련이다.'

올가는 하늘을 바라보며 전진했다. 지금까지 연맹군은 멋대로 싸우고 승리를 쟁취했었다. 대전략만 있을 뿐, 세세한 전술은 없었다.

'우린 여기서 더 앞으로 나가지 않으면 제국군과 싸워 이기

지 못한다. 규율을 지켜야 돼.'

올가도 약탈금지나 이런저런 규칙 따위 질색이었다. 하지만 제국에게 패하는 건 그보다 더 싫었다.

제국군의 속임수는 성공했다. 연맹군 내부의 동선은 얽혔고, 제국의 중기병들은 포를카나-연맹군의 우익을 긁어내듯 깎았다.

"오.오.오.오.오-!!"

전사들이 고함을 치며 달려들었지만 무의미한 용맹이었다. 중기병이 한번 훑고 지나가자 기병창에 꿰뚫린 시체만 무더기였다.

중기병의 돌격에 연맹군의 우익이 크게 흔들렸다. 그 틈을 타서 제국의 중장보병들이 연맹군을 잡아먹을 듯이 감쌌다. 연맹군의 우익이 무너지면서 대열 자체가 파괴되기 시작했다.

"아, 아아! 안 돼!"

지휘부에서 비명이 터져 나왔다. 중기병의 돌격에 깨진 진형은 좀처럼 회복되지 않았다. 제국군이 포를카나-연맹군을 잡아먹어 가는 모양새였다.

"장창부대를 써먹지도 못했소!"

룽겔 공작이 노발대발했다. 군대의 진영이 무너지면 장창부대도 소용이 없었다. 뒤에서 대기하고 있는 징집병을 보내서 해결될 문제가 아니었다. 제국군의 중장보병을 밀어낼 정도로 강력한 전투력을 지닌 부대가 필요했다.

"카타기, 나머지 군대를 이끌고 나를 따라와라. 무너진 오른쪽을 회복한다!"

유릭이 언덕 아래로 내려가며 외쳤다.

"유릭! 네가 지휘를 해야 돼!"

바르카가 소리를 쳤다.

"지휘는 머리를 모아서 알아서 해. 네 옆에 있는 놈들은 장식이냐? 아까처럼 속임수는 다시 먹히지 않을 테니까, 중기병의 위치를 파악해서 신호를 보내줘."

유릭은 더 이상 참을 수 없었다. 혼자서 안전한 곳에서 이 난장판을 두고만 볼 수 없었다.

"제기랄, 전사들에게 규율, 규율 나불거린 주제에……. 나도 어쩔 수 없군."

피가 끓어올랐다. 조금이라도 전선에 나갈 핑계가 생겼으면 뛰쳐나갔을 것이다.

"대족장! 제가 맡겠습니다. 나서지 않으셔도 됩니다."

카타기가 유릭의 옆에 따라붙었다.

"안 돼. 이미 많이 무너졌어. 내가 나서지 않으면 다음 돌격까지 버티지도 못할 거야."

소모전에 가까운 전열전투가 길어지자 양군의 차이가 벌어졌다. 전사와 병사의 차이였다.

삐이이이익!

제국군의 보병장교들이 호루라기를 불었다. 호루라기 소리를 들은 병사들은 방패를 뻗으며 뒤로 물러났고, 후열에 있던 병사들이 앞으로 뛰쳐나갔다. 제국군은 일정한 간격을 두고 교대로 전열을 맡았다.

포를카나-연맹군은 제국군처럼 교대해서 싸운다는 개념이 없었다. 전열에 한번 서면 죽을 때까지 그 자리에서 무기를 휘둘렀다.

전투가 길어졌다. 번갈아 휴식을 취하며 효율적으로 싸우는 제국군의 사상자가 훨씬 적었다. 누구나 조금만 생각해 보면 교대하는 게 이득이라는 걸 안다. 그러나 아는 것과 실행하는 것은 다르다.

"교대!"

삐이이이익!

보병장교가 호루라기를 크게 불었다. 방패를 든 중장보병들이 어깨를 부딪치며 대열을 바꿨다.

"오우!"

피에 흠뻑 젖은 병사들이 뒤로 물러나며 숨을 돌렸다. 부상자들은 뒤로 빠져서 치료를 받았다.

전투 도중에 교대를 수행할 정도의 훈련수준을 갖춘 군대는 문명세계에서도 제국군뿐이었다. 막대한 국력을 바탕으로

직업군인을 주력군으로 쓰기 때문이다. 다른 왕국은 제국의
체제를 뻔히 보고도 흉내 내지 못한다.

"도망가는 거냐! 이 비겁한 새끼들아아아-!!"

전사들이 소리를 지르며 도끼를 던졌다. 그러나 뒤로 빠진
병사들 대신에 팔팔한 병사들이 무기를 들이밀며 전사들을
압박했다.

한참 전부터 싸우느라 지칠 대로 지친 전사. 충분한 휴식을
번갈아 취하는 병사.

교착상태를 깨부수고 난전을 유도해야지만 대등한 전투력
을 가진 전사들에게 승산이 있었다.

'난전을 유도하기는커녕 우리가 싸잡아 먹혀서 죽을 지경이다.'

부족장과 전사장들은 무너진 우익을 보며 인상을 찌푸렸다.
제국의 중기병이 창을 재보급받고 한 번만 더 돌격한다면 완전
히 무너질 터다. 무너진 진열을 바로 잡을 계기가 필요했다.

둥! 둥! 둥!

북소리가 퍼졌다.

"뭘 빌빌거리고 있는 거야? 앞으로 나가!"

전장에 도착한 유릭이 앞으로 나왔다. 전사들이 눈을 크게
뜨며 소리를 질렀다. 대족장이 왔다는 소리에 전사들이 웅성
거리며 눈을 번쩍 떴다.

"대족장이 왔다아아아!"

"유릭이?"

숨이 차서 어깨를 들썩이던 전사조차 눈을 힐끗 돌렸다. 유릭과 전사들이 우익에 도착했다.

"너희들이 싸우는 걸 보고 있으니 답답해서 여기까지 뛰쳐나왔다! 이 새끼들아!"

유릭이 땅에 떨어진 창을 잡아서 내던졌다. 투창용이 아닌 창이 멀리 날아가더니 중보병의 몸통을 관통했다. 사슬갑옷으로는 묵직한 질량을 막지 못했다.

"유-우-우-우-릭!!"

전사들이 소리를 지르며 펄쩍펄쩍 일어났다. 뒤로 밀리던 우익도 점차 앞으로 뻗어 나왔다. 지원을 온 전사들의 합류도 있었지만, 대족장의 존재는 군대 전체의 사기를 올렸다. 대족장이 전장에 선 이상 지지 않을 거라는 믿음이 있었다.

"날 따라와라! 돌파한다! 놈들을 헤집어!"

유릭은 무너진 우익의 선두에 섰다. 방금 전에 도착했는데도 유릭의 몸뚱이는 피투성이였다. 그는 독보적인 전투력으로 적의 진형을 파괴하며 전사들을 이끌었다. 유릭과 전사들은 날카로운 창날처럼 적을 헤집었다.

전장에서는, 때론 한 명의 존재로도 전황이 바뀌곤 한다. 그런 자들은 초인적인 육체로 그만한 명성을 갖춘 존재다. 전장의 영웅이라 불리며 전설이 된다. 수많은 전투를 거쳐 살아남은 영웅들은 전장에서 능히 천 명의 몫을 해낸다.

유릭이 나서자 일말의 공포심조차 마비된 전사들이 적의 방진 안으로 뛰어들었다. 유릭이라는 송곳은 적진 깊숙이 들어가서 좌우로 퍼졌다. 어느새 무너진 우익이 다른 전열과 비슷한 선까지 올라섰다.

"카타기! 올가를 불러! 장창부대를 준비해! 곧 놈들이 올 거다!"

유릭은 때가 되었다는 걸 느꼈다. 피에 젖은 머리카락이 곤두서며 등골이 서늘했다. 언덕 위에서 보지 않아도 중기병이 올 거라는 예감이 들었다.

뿌우우우우!

유릭의 명령은 지휘부의 지시보다 빨랐다. 유릭이 명령을 내리고 난 뒤에야 언덕 위의 기수가 깃발을 들어서 중기병의 위치를 알렸다.

"오, 오오오오!"

유릭이 고함을 지르며 앞발을 뻗었다. 그가 걷어찬 병사가 뒤로 크게 밀려나며 네다섯 명이 뒹굴었다.

콰드득!

유릭이 도끼를 크게 휘둘러서 병사의 투구를 찌그러뜨리듯 쪼갰다.

"대족장! 뒤로 빠지시지요!"

유릭은 적진 깊숙이 들어갔다. 유릭을 쫓아오던 전사들도 더 이상 들어가기 힘들었다. 사방에서 덮쳐 오는 병사들의 공격이 매서웠다.

유릭은 병사들의 만류를 듣곤 뒤로 주춤주춤 물러나 전사들 틈에 합류했다. 올가와 연락이 닿은 카타기가 돌아왔다.

"올가와 장창부대 둘이 오고 있습니다. 제시간에 배치가 가능할 것 같습니다."

카타기도 숨을 크게 헐떡였다. 그는 두 다리로 뛰어서 유릭의 전령 역할을 했다.

유릭은 천성이 전사였다. 힘들더라도 전장에서 싸워야 감각이 살아났다. 비록 전황을 한 번에 보진 못하더라도, 날카로운 감각은 더욱 두드러졌다.

"창 하나 이리 줘봐!"

유릭이 장창을 들곤 장창부대에 합류했다. 대족장의 등장에 장창부대의 물은 오를 때로 올랐다. 제국의 기만책 때문에 제대로 싸우지 못해서 안달이 난 건 그들도 마찬가지였다. 약이 오른 전사들은 제국군과 교전하기만을 기다렸다.

투두두두두!

이미 한번 크게 재미를 본 중기병이 포를카나-연맹군의 우익을 다시 한번 노렸다. 기병창을 보급받은 그들은 두려운 게 없었다. 언제나 중기병은 무적이었다.

"움직여! 움직여! 거기 멀뚱히 서 있지 말고 비켜!"

장창부대로 전열로 나오며 중기병을 받아칠 준비를 했다. 전사들이 좌우로 흩어지면서 장창부대가 방진을 짤 공간을 만들었다.

중기병들은 맹렬하게 달려왔다. 직사로 빗발치는 화살조차도 그들에게는 무용지물이었다. 중기병의 선두에는 강철갑옷으로 무장한 기사들이 있었다. 강철판금갑옷은 곡면이라서 화살에 강했다. 어지간히 운이 나쁘지 않은 이상 화살공격에는 상처도 입지 않았다.

"말을 쏴!"

활을 쏘던 전사들은 상대적으로 장갑이 빈약한 말을 노렸다. 하지만 말들도 어지간한 화살은 무시할 정도로 촘촘한 갑주를 걸치고 있었다. 잘 훈련된 군마들은 화살이 쏟아지는데도 겁먹지 않고 돌격했다.

"오, 오오오오오!"

중기병들이 창을 뻗으며 고함을 질렀다. 겨드랑이의 창받이에 잘 고정된 기병창은 어마어마한 관통력이 있다. 잘만 꿰어내면 사람 둘도 쉽게 관통했다.

"황제폐하를 위하여!"

"제국 만세!"

"태양신의 가호가 있기를!"

기사들은 각자 구호를 외쳤다. 좋은 가문의 기사들은 가훈을 부르짖으며 싸웠다.

"벌레 같은 야만인들아아아아-!!"

중기병이 가까이 접근했다. 그 위압감은 직접 마주하지 않으면 모른다. 체감으로는 세 배 이상 커 보였고, 그 갑주와 말을 합치면 무게만 해도 보병의 열 배를 오갔다. 보병과 중기병이 부딪치면 결과는 뻔했다.

보병이 중기병과 정면으로 마주해 싸운다는 건 자살이나 마찬가지였다.

"대열을 이탈하지 마라! 죽어도 여기에 서서 죽는다! 하늘에 부끄럼 없이 싸워라-!!"

"대족장의 등을 봐라! 유릭이 앞에 있다!"

"어깨를 맞대라! 네 마누라처럼 옆 사람과 부대껴! 흩어지면 죽는다!"

"난 마누라가 없는걸?"

"그럼 네 옆에 놈이 네 마누라다! 망할 자식아! 가서 고추나 비비든가!"

장창부대의 전사들은 땀을 줄줄 흘렸다. 중기병과 충돌하기 직전이었다.

'정말로 이 창으로 놈들을 막을 수 있어? 저 괴물 같은 갑옷 덩어리들을?'

장창부대에 속한 전사들조차 막상 때가 되니 반신반의했다.

흔들리는 사기를 감지한 유릭이 목이 갈라질 정도로 크게 소리를 내질렀다.

"우-아아아아아아-!!"

유릭의 함성은 전염되듯 퍼져 나갔다. 유릭의 목구멍이 갈라지면서 피 맛이 났다. 마지막 목소리는 거의 메말라서 철판을 긁는 듯했다.

대족장 유릭이 함께 있다는 걸 전사들이 알았다. 어차피 여기서 실패한다면 죽는 건 대족장도 마찬가지다. 하늘과 대지, 모든 정령의 가호를 받는 대족장이다.

'실패는 없다.'

전사들의 생각이 멎었다. 중기병이 당도했다.

"기- 차아아앙!"

대장급 전사들이 줄줄이 외쳤다. 1열에 있던 전사들은 자세를 낮추며 밑에서 위로 창을 뻗었다. 2열의 전사들은 엉거주춤한 자세로 창을 정면으로 세웠고, 3열의 전사들은 높게 창을 뻗어서 기수를 노렸다.

"아?"

선두에서 돌격하던 중기병이 날카로운 창날을 바라봤다. 하지만 정면으로 보고 있기에 창이 얼마나 긴지 가늠하지 못했다. 당연히 기병창보다 길 리가 없다고 생각했다.

똑같이 창을 뻗어도 기병창이 먼저 닿을 것이다.

그리고 그 생각이 바뀌는 데 오래 걸리지 않았다. 선두에서 달리던 강철기사들이 갑자기 낙마하며 고꾸라졌다. 가속까지 붙은 상태라서 중기병들이 흐트러지면서 말들이 부딪쳤다.

"버텨어어어어어-!!"

"죽더라도 창을 잡고 죽어라!"

전사들도 상황을 정확히 파악하지 못했다. 그저 소리를 빽빽 지르며 창을 앞으로 뻗었다. 그들은 창끝과 팔에 걸리는 묵직함에 비명에 가까운 고함을 질렀다.

콰지지익!

당연히 모든 기병창을 막을 수 있는 건 아니다. 엄청난 돌격력을 가진 창과 말들이 장창부대와 함께 넘어졌다. 창에 꿰이고 말에 깔려 죽는 전사도 속출했다. 언제 죽을지 모르는 중기병의 물결과 마주하면서도 전사들은 자리를 이탈하지 않았다.

"우오오오오오!"

장창부대의 피해가 막심했다. 1열에 서 있던 전사들은 중기병과 같이 뒤엉켜서 대부분이 죽다시피 했다. 1열의 처참한 광경을 본 전사들은 도망갈 만도 했지만, 그들은 결코 자리를 이탈하지 않았다. 넘어지는 말과 부딪혀서 죽는 한이 있어도 창을 앞으로 뻗었다.

장창부대로 중기병과 병력교환이 가능하다는 것만으로도

엄청난 이득이었다.

기이이잉!

낙마한 기사들은 지금의 상황을 이해하지 못했다. 그들은 피를 뚝뚝 흘리며 고개를 들었다. 돌격한 중기병의 선두들은 거의 전멸하다시피 했다. 자기네들끼리 뒤엉키고 앞으로 나가더라도 창에 저지당했다. 놀란 말들이 우왕좌왕했고, 심상치 않음을 느낀 후열의 중기병들은 후퇴를 시도했다.

'우린 뭐에 당한 거지?'

기사들이 고개를 절레절레 흔들며 일어섰다. 부러진 다리로 걷고, 뒤틀린 팔로 무기를 들었다. 갑옷 이음새에서 핏물이 줄줄 흘러내렸다. 무적이라 불렸던 강철기사들의 몰락한 모습이었다.

다리가 부러진 말들이 낑낑거렸다. 충돌에서 살아남은 전사들이 흐느적거리며 기사들에게 달려들었다. 기사의 투구가리개를 강제로 열어젖히곤 그 안에 칼날을 꽂아 넣었다.

비명이 여기저기서 퍼졌다. 충돌로 나뒹군 중기병은 수백에 달했다. 강철기사가 선두에 서는 관습 때문에 대부분이 핵심 전력들이었다.

"카아아악!"

유릭이 시체 더미에서 일어섰다. 그의 주변에는 죽은 전사와 기사들이 널려 있었다.

장창부대의 첫 교전은 성공적이었다. 예상치 못한 장창방진에 중기병들은 그대로 돌진했다. 사지로 뛰어드는 거나 마찬가지였다. 중기병과 뒤엉켜 죽은 전사도 수백이었지만, 충분한 이득이었다. 설사 장창부대가 전멸하더라도 중기병과 같이 죽으면 연맹군의 승리나 다름없었다.

'급조한 부대로 이 정도면 대단한 성과다.'

유릭이 얼굴에 묻은 피를 아래로 닦아냈다. 질척한 피가 가래침처럼 떨어졌다.

"뭘 보고만 있어? 전진해! 혼쭐을 내주라고! 망할 자식들아!"

유릭이 다른 전사들에게 외쳤다. 중기병의 대패는 제국군의 사기에도 큰 영향을 주었다. 무적이라 생각했던 중기병이 예상치 못하게 패했다. 전사들은 탄력을 얻었고, 제국군은 어리둥절했다.

제국군의 지휘부조차 지금의 상황을 이해하지 못했다. 멀리서 보고 있자니 중기병이 당한 이유도 몰랐다.

"도대체 무슨 일이 벌어진 거란 말이냐!"

침착한 카르니우스조차 노발대발했다. 그의 군대는 강철기사 태반을 잃었다. 중기병 돌파력의 핵심을 잃어버린 셈이었다.

포를카나-연맹군도 제국군도 어안이 벙벙했다. 성공한 측도 믿기지 않아 몇 번이고 전장을 다시 확인했다. 하물며 직접 당한 중기병들은 아직도 그 충격에서 벗어나지 못했다.

"모, 모르겠습니다. 갑자기 창들이 앞으로 뻗어오더니……."

"고슴도치의 진에 당한 것이냐?"

"그게 아닙니다. 그냥 창이었다면 우리가 먼저 찔렸을 겁니다. 놈들의 창이, 창이 더 길었습니다. 엄청나게 길어서 우리를 먼저 찔렀습니다. 넘어진 말에 깔려 죽고, 부러진 창에 목이 찔려도 놈들은 창을 놓지 않고 버티더군요."

돌격에서 돌아온 기사가 기억을 하나씩 조립하며 말했다. 그의 동공이 계속 떨렸다.

"도대체 얼마나 길기에 기병창보다 먼저 닿는단 말입니까?"

부관들이 웅성거렸다. 지금까지 문명세계에 존재하지 않았던 장창이었다.

문명세계의 군대는 징집병, 용병, 직업군인, 기사가 있었다. 중기병에 대응 가능한 장창부대를 운용하려면 직업군인 같은 존재가 필요했다. 하지만 직업군인을 대량으로 가진 국가는 제국이 유일했고, 가장 강한 중기병을 가진 제국은 대기병 무기를 개발할 필요성을 느끼지 못했다.

무기와 전술은 필요에 의해 탄생한다. 서부의 약탈자가 제국군과 충돌한 지도 2년이 넘었다. 그들은 문명의 무구와 전략전술을 흡수하는 데서 멈추지 않고 그다음까지 나아갔다.

'지금까지 나오지 않았던 병과와 전술의 활약이다.'

카르니우스는 연맹군이 무슨 짓을 했는지 깨달았다. 중기병에 대응하는 전술과 병과를 만든 셈이었다. 과거 북부에서는 설원인지라 중기병이 크게 활약하지 못했었다. 또한 보수적인 성향이 강한 북부인은 장창부대 같은 생각을 하지 못했다.

'이들은 어쩌면 북부인보다 더 위협적인 존재다.'

카르니우스는 초조했다. 장창부대가 얼마나 있는지 알 수가 없다. 그 규모조차 미지수다. 대응하려고 해도 경험이 없었다. 노장은 과거의 경험을 통해 현재의 문제를 해결한다. 늙어버린 장군은 창의적인 전술과는 거리가 멀었다.

'뾰족한 말뚝을 꽂아서 중기병을 막는 경우가 있긴 했지. 그러나 저들은 움직이는 말뚝이나 다름없다. 죽더라도 중기병과 맞부딪히는 걸 두려워하지 않아.'

한 번의 승리를 경험했으니 확신도 얻었을 것이다. 반면에 중기병들은 된통 당해서 위축된 상태였다. 당장 돌격을 지시할 기사도 마땅히 보이지 않았다. 선두에 서던 용감한 기사들은 제국군 진영으로 돌아오지 못했다.

"총공세를 펼칠 기세입니다. 놈들의 후방부대가 움직이고 있습니다."

카르니우스는 사방에서 보고를 들었다.

포를카나-연맹군은 기세를 놓치지 않았다. 그들은 대기하고 있던 부대까지 동원해서 한 번에 제국군을 밀어버릴 생각이었다. 중장기병대가 처참하게 깨지는 걸 봤기에 사기가 하늘을 찔렀다.

"후우, 후우."

카르니우스가 심호흡을 했다. 흥분해서는 아무런 해답이 나오지 않는다. 모든 이가 카르니우스만 보고 있다. 카르니우스 입에서 해결책이 나오기만을 기다렸다.

삐걱.

카르니우스가 투구를 썼다. 그는 남은 중기병들을 바라봤다. 아직도 2천이 남아 있었다.

"내가 기병대를 지휘하겠다."

카르니우스가 종자에게서 기병창을 받아 들었다. 부관들은 만류하지 않았다. 지금의 상황을 타개할 건 카르니우스밖에 없었다.

'총공세를 펼치는 놈들의 뒤를 친다. 언덕을 올라 지휘부를 박살 내면 돼.'

포를카나 연맹군은 모든 병력을 앞으로 밀어 넣었다. 지금의 기세를 타야 한다는 걸 그들도 알았다. 언덕 위의 포를카나 연맹군 지휘부에는 소수의 병력만 있었다.

"장군, 방금 전투로 진형이 밀려서 들어갈 길이 하나밖에 없습니다. 놈들도 우리가 움직이는 걸 알면 병력을 그쪽으로 배치할 겁니다."

부관도 투구를 쓰며 따라붙었다.

"가로막는다면 부숴야지. 그게 기사가 할 일이 아니겠나?"

카르니우스는 그리 말하곤 투구가리개를 닫았다.

제국군에겐 전장의 흐름을 바꿀 한 수가 필요했다. 포를카나 연맹군은 총공세를 펼쳤고, 유릭이 지휘하는 우익은 압도적인 전투력으로 제국군을 한쪽부터 둘러싸듯 잡아먹었다. 진영이 저렇게 잡아먹히면 아무리 제국군이라도 버티기 힘들다.

'기이하다.'

카르니우스는 눈을 감았다가 떴다. 그는 포를카나-연맹군의 우익을 바라봤다.

'저쪽만 이상할 정도로 사기가 높고 돌파력이 강해. 분명 야전지휘관으로 대단한 인물이 있는 걸 터. 옛날에 저런 상황을 본 적이 있었지……'

카르니우스가 오랜 기억을 더듬었다. 청장년 시절에 그는 검귀 페르젠과 함께했었다.

'검귀 페르젠이 앞으로 나가 군대를 이끌면 저런 상황이 벌어지곤 했다.'

전설의 기사는 단순히 지휘력만 뛰어난 게 아니었다. 말로 설명할 수 없는 무언가가 있었다. 그가 전장에 나서면 병사들은 두려움을 잊어버렸다. 그 존재 자체가 병사들에겐 후광이 되었다.

논리적 전략전술이 아닌 자신의 존재만으로도 군대를 강하게 만든다. 흉내 내고 싶어도 아무나 그런 존재가 되지 못한다. 마치 신의 선택을 받은 듯이 타고난 재주를 가진 자들이다.

'신의 축복.'

카르니우스가 쓰게 웃었다.

"말을 가져와!"

출진했던 기병들은 말을 갈아탔다. 장창방진에 부상을 입은 말도 많았고, 두 번의 돌격감행으로 말들은 주저앉다시피 했다.

"서둘러!"

보급병과 종자들이 바삐 움직였다. 그들은 말의 갑주를 벗겨서 다른 말에 씌웠다.

'저 우익의 기세를 꺾지 못하면 전선이 밀린다. 아니면 흐름을 바꿀 무언가가 필요해.'

카르니우스는 말에 올라탄 채로 전황을 바라봤다. 비등한 대치상태에서는 우위를 유지하던 제국군이었지만, 지금은 측면을 방어하느라 교대전투가 제대로 이뤄지지 않았다. 이대로 더 밀린다면 야만인들이 원하는 대로 난전이 벌어질 것이다.

제국군의 자랑은 규율과 편제, 지휘관의 전술에 따라 완벽하게 이동하는 진형의 유지다. 그게 무너지면 제국보병들은 조금 더 잘 싸우는 병사에 불과하다.

"장군, 준비가 끝났습니다."

카르니우스는 고개를 끄덕였다. 그가 가장 앞에 서서 말을 몰았다. 2천의 중기병을 비롯해 3천의 경기병들도 뒤를 따라왔다. 중경기병을 합해서 5천이 넘었다.

경기병들은 대부분 용병이나 부유한 평민 출신이다. 그들에게 규율과 높은 전투력을 기대할 순 없었으나 지금은 규모를 늘리는 게 중요했다.

"카르니우스 장군을 따르라아아!"

"태양 만세에에에-!!"

"루의 가호가 우리의 등에 있도다!"

기사들이 고함을 지르며 사기를 돋우려 했다. 하지만 첫 번째와 두 번째 돌격만큼의 사기가 솟진 않았다.

'저들의 창은 우리의 기병창보다 길다.'

정면으로 부딪쳐선 안 된다. 지금 가진 제국의 장비로 장창방진을 뚫을 방법은 없었다.

카르니우스가 기병대를 이끌고 연맹군의 옆으로 빙글 돌았다. 카르니우스의 눈동자는 끝없이 전황을 훑어봤다.

피숫!

멀리서 화살이 날아왔다. 속도를 서서히 높이는 중기병은 좋은 목표물이었다.

저번 돌격으로 중기병대의 선두와 측면을 보호하던 강철기사들은 대부분 쓰러졌었다. 경기병이 노출된 채로 후열에 있었고, 중기병들조차 사슬갑옷으로 무장한 이들 대다수라 화살에 상처를 입곤 했다.

'어디로 가야 하지?'

카르니우스가 입술을 잘근 깨물었다.

막상 기병대를 이끌고 나오자 눈앞이 캄캄했다. 어디로 가
도 가로막힐 것만 같았다. 쌓아온 경험과 지식으로도 치고 나
갈 방향이 보이지 않았다. 지금 가는 경로도 막힌 거나 다름
없었다.

"장군! 곧 충돌합니다!"

부관이 외쳤다. 앞에 선 중기병들은 말의 속도를 높였다. 그
들은 창을 옆구리에 붙인 채로 충돌을 준비했다.

카르니우스는 눈을 가늘게 떴다. 칼날이 목젖을 스칠 때처
럼 세상이 느려지는 듯했다. 지금 자신의 판단에 수만의 병사
들이 죽고 산다.

기이잉.

처음 느끼는 감각이었다. 지나가는 화살의 탄성조차 느껴
지는 듯했다. 귓가에는 소리들이 분할되어 들렸다. 그의 눈동
자는 전장의 열기를 보고 있었다. 뭐라 형용할 수 없는 직관
들이 샘솟았다.

"왼쪽으로 돌아라아아아!"

카르니우스가 선두에 서며 소리를 질렀다. 그가 말고삐를
힘껏 붙잡아 당기며 연맹군 코앞에서 방향을 옆으로 틀었다.

두두두두!

급작스러운 방향전환에 적응하지 못한 기병들이 그대로 연맹군에 처박혀 죽어갔다.

"장군!"

부관들이 카르니우스의 행동을 이해하지 못하고 소리를 질렀다. 애꿎은 기병들이 나가떨어지며 죽었다.

"저기다! 저기로 간다!"

카르니우스가 미친 사람처럼 외쳤다. 혼란스러운 전장에서 그는 포를카나 징집병이 위치한 대열을 읽어냈다.

논리적으로 확신한 것은 아니었다. 미묘한 전장의 흐름을 들개처럼 맡았을 뿐이었다. 그는 경험으로 축적된 직관을 믿었다. 평소의 카르니우스라면 절대 이런 짓을 하지 않았을 것이다.

카르니우스는 처음으로 확신도 없는 도박을 전술로 사용했다. 나란히 선 전열에서 제국군이 우위를 보이는 지점이 있었다. 미묘한 차이였지만 그게 중요했다.

"아아아! 길을 비켜라아아아!"

카르니우스가 말에 달린 뿔나팔을 집더니 불서 신호를 보냈다. 카르니우스의 기병대는 말의 다리를 한참 소모하면서 장창부대가 따라오지 못하도록 교란을 시켰다. 소수의 장창부대로는 이리저리 돌아다니는 기병대을 쫓지 못했다.

"장군을 따르라!"

부관들은 그저 카르니우스를 믿을 수밖에 없었다. 카르니우스는 제국군의 중보병들을 가로지르며 연맹군의 대열을 돌파하려 했다.

"크아아아악!"

사전에 합의되지 않은 작전이었다. 카르니우스의 돌발행동에 제국의 중보병들은 금방 길을 만들지 못했다. 아군의 기병에게 짓밟히는 이들이 제국군 내에 속출했다.

'장군이 미쳐 버린 것인가?'

부관들조차 의아해했다. 믿고 따르긴 했지만 죽음이 더 가까워졌다는 생각이 들었다. 급격하게 기병대를 꺾어 수십의 사상자를 냈고, 이번에는 아군의 진영을 짓밟으며 돌진하고 있었다.

부관들은 이번 전쟁이 카르니우스의 개인적 복수도 겸한다는 걸 알고 있었다. 전황이 기울어지자 카르니우스가 무리한 수를 던져도 이상할 게 없었다.

'그 철혈의 기사도 결국······.'

이미 말을 타고 달리고 있다. 죽더라도 적의 품에서 죽을 수밖에 없다. 기사들은 양 떼처럼 맹목적으로 카르니우스를 따랐다.

"장군! 경기병들이 이탈합니다."

"놔둬라!"

상황이 이상하다는 걸 느낀 경기병들이 전장을 이탈하며 사방으로 흩어졌다. 용병과 농민으로 이뤄진 경기병은 충성심이 없는 전리품 사냥꾼에 가까웠다. 전면전에는 어지간하면 나서지 않으려고 했다.

경기병의 이탈은 제국군의 사기저하로 이어졌다. 상황은 제국군에게 최악으로 치닫고 있었다.

"돌- 겨어어어억!!"

아군을 짓밟으며 포를카나-연맹군 앞에 도달한 카르니우스가 투구를 벗어 던지며 외쳤다. 투구 없이 외친 목소리는 쩌렁쩌렁하게 기사들의 귀에 박혔다.

"제기라아아알!"

기사들도 그저 창을 겨드랑이에 끼우고 내달렸다.

우드드득! 뿌득!

살이 으깨지고 뼈가 박살 나는 소리가 났다. 강철기사가 대부분 이탈한 중기병대의 돌격력은 훨씬 약해진 상태였다. 한참이나 주변을 돌다가 들어간 터라 말의 다리에도 힘이 없었다.

"밀어붙여라아아아아!"

그런데도 카르니우스의 기병대는 포를카나-연맹군 한복판을 찔러서 관통했다. 돌파한 기사들도 깜짝 놀라 주변을 바라봤다. 그들의 창에 꿰인 병사들은 너저분한 징집병 따위였다.

'장군께서는 이 혼란스러운 전장에서…… 여기가 약하다는 걸 알고 계셨던 건가?'

부관들이 깜짝 놀라 카르니우스를 쳐다봤다.

"멀뚱히 있지 마라! 무기를 뽑아라!"

중기병의 희생도 적지 않았다. 하지만 불가능할 거라 생각했던 돌파를 해냈다. 그들은 자신의 칼과 철퇴를 꺼내며 다음 전투를 준비했다.

"목표는 언덕 위! 저길 점령하면 저들의 수뇌부가 전멸한다!"

카르니우스가 지치지도 않는지 말고삐를 힘껏 잡아당겼다. 말도 지쳐서 땀을 뻘뻘 흘렸다.

캉!

카르니우스가 칼날의 옆면으로 말의 엉덩이를 후려쳤다. 깜짝 놀란 말이 기력을 짜내며 달렸다.

기병대는 둘러싸이기 전에 언덕을 향해 내달렸다. 그러나 부상을 입거나 힘이 떨어진 말들이 무릎을 꿇으며 픽픽 쓰러졌다.

"장군, 뒤는 저희에게 맡기십쇼."

말을 잃은 기사들은 어깨와 등을 맞대며 달려오는 적들을 바라봤다. 수십의 기사들이 포를카나-연맹군 대열 안에 갇힌 모양새였다.

"오늘은 보기 드문 광경을 봤군. 장군께서 평소답지 않으셨어."

기사들이 칼을 빙글빙글 휘두르며 낄낄 웃었다. 여기서 겁을 먹을 거라면 카르니우스의 무모한 돌격을 따라오지도 않았을 것이다.

"루께서 우리를 기다리고 계신다."

낙오된 기사들은 고함을 지르며 싸웠다. 아무리 용감하더라도 사방에서 덮쳐오는 야만전사와 병사들을 상대하진 못했다. 곧 그들은 시체가 되었다.

카르니우스는 화살이 된 것처럼 뒤도 돌아보지 않고 움직였다. 오랫동안 함께해 온 기사들까지 잃었다.

'아아, 이런 거였군. 페르젠 공.'

슬픔은커녕 웃음이 나왔다. 그는 젊은 시절에 페르젠의 돌격을 뒤에서 지켜봤었다. 처음에는 무모하다고 혀를 찼으나, 무모한 돌격이 한 번이고 두 번이고 성공하자 전설이 되었다.

'직접 서지 않으면 보지 못하는 것도 있는 법.'

카르니우스는 그 한 발자국을 항상 내딛지 않았었다. 논리적으로 확신할 수 없으면 행동하지 않았었다. 그러나 불확실성에 몸을 던져야 볼 수 있는 것도 있었다.

처음에는 유일한 돌파구로 기병대를 전부 밀집시키려고 했다. 죽음을 각오한 필사의 도박이었다. 하지만 막상 코앞으로 다가와서야 다른 길이 보였다. 확신할 수 없었지만 카르니우스는 두 번째 길을 선택했다.

털썩.

언덕을 반쯤 오르자 말들이 지쳐서 무릎을 꿇었다. 갑옷을
입은 기사를 태우고 갑주도 착용한 말들이었다. 지금까지 무
리한 질주를 버틴 것도 용했다.

철컥, 철컥.

말에서 내린 기사들이 뛰어서 언덕을 올랐다. 다들 심장이
터질 것 같았지만 그들은 이게 마지막 기회라는 걸 알았다.

"오오오오오!"

언덕 위에서는 지휘부를 지키던 포를카나의 중기병대가 내
려오고 있었다. 언덕 내리막을 타고 내려온 5백의 중기병대가
카르니우스의 부대와 충돌했다.

쿠- 쿵!

카르니우스가 달려드는 중기병의 창을 피하곤 칼을 길게 휘
둘렀다. 말의 다리를 부러뜨렸고, 낙마한 중기병은 그대로 목
이 꺾여 죽었다.

"우리에게서 배운 수법이 먹힐 것 같으냐!"

카르니우스가 일갈을 터트리며 핏발이 선 눈동자를 들어올
렸다. 기사들은 중기병과 마주하고도 겁먹지 않고 침착하게
대응했다. 제국과 왕국의 기량 차이가 여기서 드러났다. 고도
의 훈련을 받은 제국의 기사들은 말에서 내리고도 무시무시
한 살인병기였다. 철퇴와 칼을 들어서 덤벼오는 중기병들을

받아냈다.

특히나 아직까지 남아 있는 소수의 강철기사들은 철제 기병창을 맨몸으로 받아내고도 살아남았다. 강철갑옷의 곡면이 투박한 기병창을 옆으로 흘렸다. 정면으로 맞더라도 뼈가 부러지는 정도로 끝났다. 왕국의 철제 기병창은 강철갑옷을 쉽게 관통하지 못했다.

"맙소사!"

언덕 위에 있던 룽겔 공작은 포를카나의 중기병들이 오히려 당하는 걸 보곤 소리를 질렀다. 유리한 언덕을 점했는데도 어이없게 중기병들이 쓰러졌다.

포를카나의 중기병들은 실전에서 기마돌격을 처음 해본 자들이 허다했다. 닳고 닳은 제국의 기사와는 달랐다.

"앞에 나간 아군을 부르시오! 빨리!"

귀족들이 발을 동동 구르며 외쳤다. 전황이 유리하더라도 여기서 자신들이 죽는다면 아무런 소용도 없다. 지휘부에 남은 건 천 명의 보병이었다. 앞서 돌격한 중기병이 맥없이 당하는 걸 본지라 사기가 급격히 떨어졌다.

불리했던 전황을 뒤엎기 위해 병력을 죄다 투입한 게 실수였다. 호위로 충분할 거라 믿었던 포를카나의 중기병들마저 언덕 아래로 굴러떨어졌다.

말을 버리고 언덕을 오르는 기사의 숫자는 얼핏 봐도 천 명이 넘었다. 피로 젖은 제국기사들은 수천의 병사보다 위협적이었다.

"도망가야 합니다! 전하!"

귀족들이 황급히 말을 탔다. 그들은 지휘부를 버리고 도망갈 기세였다.

"우리가 여길 버리고 간다면 남겨진 자들은 누구의 지휘를 받는단 말입니까? 설사 여기서 살아남더라도 앞으로 누가 우리를 따르겠습니까?"

바르카가 담담히 말했다. 그는 사슬갑옷의 허리띠를 힘껏 조였다. 두 손을 들어 왕관 모양이 새겨진 투구를 썼다. 투구 밑으로 음영이 드리워진 푸른 눈동자가 빛났다.

'제국기사들도 초조한 건 마찬가지다. 이미 전열에 있던 아군이 뒤로 빠져서 우리를 구하러 오고 있어.'

바르카는 눈을 옅게 뜨며 달려오는 산양전사들을 바라봤다. 기동성이 좋은 별동대가 지휘부를 구하러 오고 있었다.

"전황은 우리에게 유리하다. 침착해라. 포를카나의 수호자들이여! 저들을 봐라! 걸음이 비척일 정도로 지친 자들이다. 저들의 칼은 우리에게 닿지 않을 것이다."

바르카가 병사들을 독려하며 앞으로 나섰다. 고귀한 외모가 빛을 발했다. 하늘이 내린 왕의 품격에 병사들은 루를 마주한 것처럼 기도했다.

"저들이 반으로 나뉘었습니다."

포를카나의 기사가 바르카의 옆에서 말했다.

언덕을 올라오던 카르니우스의 부대는 반으로 나뉘었다. 절반은 뒤로 따라붙는 산양전사들을 막아섰고, 다른 절반은 언덕을 뛰다시피 하며 올랐다.

쉬익, 쉬익.

제국기사들 사이에서 쌕쌕거리는 소리가 났다. 내뱉은 숨이 투구에 가로막혔다가 코로 다시 들어왔다.

지친 제국의 기사들이었지만 기백은 그 어느 때보다 사나웠다. 무모하다고 생각했던 돌격이 성공하자 신의 가호가 자신들에게 있다는 생각마저 들었다.

"궁수 장전!"

바르카가 칼을 뽑으며 외쳤다. 그의 목소리가 청량하게 병사들 사이에 퍼졌다. 군재는 없었으나 왕이 나섰다는 것만으로도 병사들의 사기는 올랐다.

끼이이익!

궁수들이 활시위를 메겼다. 바르카가 칼을 높이 올렸다가 내렸다.

"방패!"

사슬갑옷을 입은 제국기사들은 방패를 들어 올리며 날아오는 화살을 막았다.

'온몸이 저리는군.'

카르니우스는 기다시피하며 언덕을 올랐다. 포를카나의 마지막 방어선이 보였다.

"십 년만 젊었어도……."

카르니우스가 키득키득 웃으면서 먼저 언덕을 오르는 기사들을 바라봤다. 기사들은 결사대처럼 주저하지 않고 적들과 맞서 싸웠다. 저돌적이었던 카르니우스의 행동이 그들의 사기에 불을 지른 셈이었다.

'내게 어울리는 짓은 아니었지.'

카르니우스가 피가 섞인 가래를 바닥에 뱉었다. 심장과 폐가 터질 것만 같았다. 이번 전투에서 살아남더라도 수명이 십 년은 줄었을 거란 생각이 들었다. 그만큼 온몸을 혹사하는 싸움이었다.

"살아남을 생각은 하지 마라. 여기서 뼈를 묻고 죽을 각오로 싸운다."

뒤를 남겨두고 싸우면 최선을 다하지 못한다. 검귀 페르젠은 그래서 그 어떤 연고도 가지지 않았다. 자식도 부인도 두지 않고, 언제든 미련 없이 죽을 수 있게 살았다.

'페르젠 공, 당신은 기사의 삶을 위해 모든 걸 포기했군. 인간적인 즐거움과 안락함조차 내던지고…….'

위대한 기사가 되려면 모든 걸 내던지고 희생해야 한다. 행복한 삶을 살면서 위대한 존재가 되기란 어렵다. 위대한 삶이란 끝없이 고통스럽고 절망하며 발버둥 치는 자의 것이다.

'그래서 나는 페르젠을 넘지 못했던 거겠지.'

카르니우스는 행복한 삶을 원했다. 아내와 아들이 있는 삶에서 안락하게 죽고 싶었다.

"그런 안일한 자에게 루의 축복이 있을 리가 없지."

지금은 달랐다. 신기가 들린 듯이 머릿속이 번쩍번쩍했다. 보지 못했던 것이 보이고, 불가능이라 생각했던 것이 가능할 것 같았다.

"오오, 루여."

카르니우스가 태양장식이 붙은 칼자루에 입을 맞추며 언덕을 올랐다. 먼저 도착한 기사들이 포를카나 병사들을 베어내며 길을 만들고 있었다.

"이교도와 싸워 이길 힘을 우리에게 주소서. 무고한 백성들을 지킬 용기가 지금 필요합니다. 자비와 사랑을 모르는 야만인들에게 우리의 땅이 짓밟히지 않도록 하시옵소서."

카르니우스가 기사들 사이를 걸으며 기도를 읊조렸다. 기사들도 자신의 가문에 내려오는 기도문이나 가훈을 외치곤 했다.

"바르카 왕-!!"

카르니우스가 병사들 뒤에 서 있는 바르카를 보며 외쳤다.

바르카는 움찔하며 어느새 목소리가 닿는 거리까지 접근한 제국기사들을 바라봤다.

"이교도와 야합하며 제국과 문명세계를 위협한 대가를 치르게 될 것이오! 부끄러운 줄 아시오!"

카르니우스의 목소리가 쩌렁쩌렁했다. 오랫동안 장군을 해온 사내답게 대단히 위협적이었다. 바르카는 자신도 모르게 움츠러들었다.

"진정한 부끄러움은 그대의 황제에게 물어보시오! 장군! 제국의 횡포가 불러온 재앙이 보이지 않습니까?"

바르카도 지지 않고 외쳤다. 카르니우스의 핏기 어린 눈동자가 섬뜩했다.

언덕 중턱에 남은 제국기사들은 방벽 역할을 잘 수행했다. 카르니우스가 지휘부를 공격하는 동안 산양전사들조차 제국기사들을 쉽사리 돌파하지 못했다.

산양전사들은 기동력이 좋았지만, 체구가 작은 탓에 전면전 수행능력은 떨어졌다. 우직하게 버티는 기사들을 좀처럼 쓰러뜨리지 못했다.

"카아아악!"

카르니우스는 지친 노구를 이끌고 병사들을 베어냈다. 평생 검을 휘두른 기사의 신묘한 검술은 대단했다. 기껏해야 허수아비 상대로 창 찌르기를 연습한 병사들은 속수무책으로 기사들에게 죽어갔다.

키잉!

창날이 카르니우스의 목덜미를 노렸다. 카르니우스는 고개를 비틀며 보지도 않고 칼을 휘둘렀다. 창을 찌른 병사가 피를 흩뿌리며 땅바닥에 쓰러졌다.

'리오.'

늙은 가슴이 끓어올랐다. 열의가 젊은 날처럼 들끓었다. 다신 고동치지 않을 것 같은 심장이 아들의 죽음을 삼키며 뛰었다.

'나조차 페르젠을 평생 넘지 못했는데, 내가 무엇이라고 널 기사로 키우려 했을까…….'

페르젠의 그림자로 살아온 기사의 삶을 아들에게도 물려주려고 했다. 평생을 검귀 페르젠과 비교당하며 살아갔음에도 아들에게 기사의 삶을 강요했다. 염치가 없어 부끄러웠다.

'너는 철혈의 카르니우스가 검귀 페르젠보다 뛰어나다는 말을 입 밖으로 꺼내지 못했겠지. 누구나 검귀 페르젠이 최고라는 걸 알고 있으니까.'

리오는 자신의 아버지가 항상 누구보다 못하다는 말을 듣고 자랐다. 차라리 기사로 키우지 않았다면 자신의 열등감을 물려주지 않아도 되었을 터다.

"부끄러운 삶이었다."

카르니우스가 단내 나는 숨을 내뱉으며 중얼거렸다. 자신의 아버지가 최고라고 말하지 못했던 아들의 심정을 이해하려고도 하지 않았었다.

아버지는 자식에게 최고가 되어야 한다. 그게 아비의 사명이고 의무다. 자식이 의심 없이 본받을 수 있는 사내.

"장군!"

기사들이 카르니우스를 지키려고 뛰어나왔다. 아무리 기백을 떨쳐도 늙은 몸은 어쩔 수 없었다. 체력이 떨어지면서 손가락이 떨렸고, 시야는 현저히 좁아졌다.

"조금만 더 밀어라!"

기사들이 외쳤다. 사기를 잃은 포를카나의 보병들이 무기를 버리고 도망가기 시작했다.

"버텨라! 곧 아군이 온다! 자리를 이탈하면 지엄한 군법으로 다스릴 것이다!"

포를카나 귀족들이 도망가는 병사의 뒷덜미를 잡으며 외쳤다.

"나리! 저는 자식이 둘입니…… 카악!"

포를카나 귀족이 도망가는 병사들의 목을 베며 이탈을 막았다. 잔인한 조치였지만 이렇게라도 하지 않으면 병사들은 전부 도망가 버리고 말 터다. 바르카도 애써 눈을 돌리며 병사들을 독려했다.

두두두!

연맹군 내에서 말을 탄 수십의 전사들이 튀어나왔다. 그들은 지휘부를 지원하기 위해 언덕을 내달렸다.

유릭은 이를 악물곤 말을 몰았다. 말을 탈 줄 아는 전사들만 빠르게 모아서 꾸린 기마대였다. 당연히 유릭을 빼곤 말을 타는 모양새가 어설펐다. 기마전투는 꿈도 꾸지 못했다.

'제국의 중기병들은 우회하지 않고 전력이 약한 부분을 관통하듯 돌파했어.'

마치 과거의 유릭이 제국군의 정면을 돌파한 것 같았다. 상식적인 판단을 저버리고 전황을 직접 보고 즉흥적으로 행동하는 것. 야전지휘관의 특징이나 권한이었다.

'지휘부를 곧장 노릴 줄이야. 제법이로군. 고리타분한 늙탱이인 줄 알았는데.'

유릭이 입술을 씰룩였다.

"산양전사에게 신호를 보내!"

카타기가 뿔나팔을 불며 빨간 천이 매달린 창대를 흔들었다. 창대로 동시공격의 신호를 보냈다. 언덕 아래에서 지원군을 막던 기사들은 산양전사와 유릭의 돌격을 양면에서 받았다.

"오오오오오!"

유릭이 말에서 뛰어내렸다. 전사들도 말에서 내리곤 기사들과 맞섰다.

휘릭!

기사들은 뒤에서도 쏟아지는 산양전사의 화살 공격에 정신을 차리지 못했다. 그들이 막을 수 있는 방향은 한 곳뿐이었다.

두쿵!

유릭과 전사들이 제국기사의 방패를 두드렸다.

"으라차아아아-!"

유릭이 제국의 방패를 걷어차듯 밀었다. 묵직한 제국의 기사조차 그 완력에 벌러덩 넘어졌다.

"오우우!"

유릭이 옆의 전사에게 창을 받아 들곤 냉큼 찔렀다. 창날은 사슬갑옷까지 옭아가며 살을 파고들었다.

"밀어붙여!"

언덕으로 올라오는 전사들의 숫자는 늘어만 갔다. 눈치가 빠른 전사들이 명령 없이도 독자적으로 행동했다. 강력한 규율이 없기에 멋대로 이탈해 유릭에게 합류하는 전사도 많았다.

"오우! 우리가 왔소! 대족장!"

일부 부족장들은 유릭이 명령하지 않았는데도 발이 빠른 전사들을 언덕으로 올려 보냈다. 연맹군은 부족장과 천인대장들 하나하나가 야전에 잔뼈가 굵은 자들이었다. 눈치 하나로 지금까지 싸워온 이들인지라 돌발 상황에 강했다.

언덕 밑을 지키던 전사들도 주춤거리며 밀려서 카르니우스의 군대와 합류했다. 카르니우스의 군대는 사방에서 둘러싸인 모양새였다. 의외로 지휘부의 저항이 거세서 제때 임무를 완수하지 못했다.

"좋은 전투였습니다, 장군. 아깝게 됐군요."

"그대들과 함께 싸워서 영광이었네."

카르니우스와 기사들은 자신들의 최후가 다가왔다는 걸 알았다. 옆의 사람에게 작별인사를 하며 숨을 들썩였다.

"……장군, 빠져나가시지요."

겨우겨우 말을 챙긴 기사가 카르니우스에게 접근했다. 언덕으로 올라온 야만인들이 포위망을 완전히 형성하면 도망조차 못 간다.

"그게 무슨 소리인가!"

카르니우스가 노발대발했다. 부관과 기사들은 서로의 눈을 마주치며 고개를 끄덕였다.

"장군께서 빠져나가시면 우린 항복을 하겠습니다. 포를카나의 왕이라면 몸값을 받으면 받았지 우리를 죽이지 않을 겁니다. 야만인 군대라면 몰라도 포를카나 왕과 귀족들은 경우를 아는 문명인이지요."

"여기서 나만 도망가란 말인가! 내게 불명예를 줄 셈인가?"

"카르니우스 장군만은 죽일 겁니다. 오늘 장군께서는 대단히 위협적이었습니다. 여기서 살아나가 제국군을 한 번 더 지휘하십쇼. 제국에겐 약탈자들과 몇 번이나 싸운 장군의 경험이 필요합니다. 아직 군대를 모아 싸울 기회는 몇 번이고 남았습니다. 여기서 장군이 잡힌다면 제국은 남은 기회조차 잃어

버리는 겁니다."

부관이 말고삐를 잡으며 재촉했다.

"나, 나는 여기서 도망갈 수 없네."

"아드님의 원수를 갚지도 못하고 죽을 셈입니까! 장군!"

부관이 일갈했다. 카르니우스가 인상을 찌푸리곤 고삐를 잡
으며 말에 올라탔다.

"활로를 열어라! 장군께서 도망갈 때까지 목숨을 다해 싸워
라!"

부관이 소리를 질렀다. 기사들은 지휘부 점령을 포기하고
포위망이 옅은 방향으로 움직였다. 군마를 수습한 기사 십여
명이 카르니우스 옆에 바짝 붙으며 호위를 자처했다.

"목숨이 다하더라도 장군을 안전한 곳까지 모셔라."

부관이 호위를 맡은 기사들에게 신신당부했다.

기사들은 카르니우스만큼은 빼내기 위해 싸웠다. 말을 탄
카르니우스와 호위기사들은 기사들이 만든 길을 따라 도주를
시도했다.

"오오오오!"

지휘부를 지키던 포를카나 병사들이 함성을 지르며 승리를
자축했다. 그 대단한 제국기사들이 꽁무니를 보이며 도망가고
있었다.

제국군 전체가 후퇴하고 있었다. 포를카나-연맹군은 여세

를 몰아서 제국군을 끝까지 공격했다.

"말을 준비해! 지금 저놈들을 쫓아가야 한다!"

유릭은 남은 제국기사들을 내버려 두곤 말을 챙겼다. 그의 눈동자는 카르니우스를 쫓고 있었다. 그는 혼란스러운 와중에서도 카르니우스를 정확히 알아봤다.

'저자를 도망가게 해선 안 된다. 위협적인 존재가 될 거야.'

카르니우스는 연맹군과 여러 번 싸운 지휘관이다. 패배의 책임을 쓰고 경질된다면 다행이겠지만, 한 번 더 군대를 이끌고 덤벼온다면 무서운 존재가 될 터다.

'예상치 못한 돌격을 썼어. 거길 뚫고 지휘부를 노릴 줄이야. 전장의 흐름을 읽을 줄 아는 지휘관이다.'

유릭은 오늘 카르니우스의 행동에서 묘한 동질감을 느꼈다. 카르니우스가 왜 그런 판단을 했는지 심정적으로 동감했다. 전장은 항상 합리적으로 인과가 이어지지 않는다. 전장의 병사들은 하나하나가 살아 있는 존재이며, 그렇기에 눈에 보이지 않는 사기가 그토록 중요했다.

전장의 수많은 변수를 머리로 이해하는 건 불가능하다. 때론 무모한 직관으로 적의 허를 찌를 필요도 있었다.

'놓쳐선 안 돼.'

마음 같아서는 추격대로 산양전사를 보내고 싶었지만 전투 산양들은 지쳐서 쓰러지기 직전이었다. 말과 달리 갈아탈 산양도 없었다.

"숨을 헐떡이지 않는 말들을 골라!"

전장 여기저기에는 흩어진 말들이 있었다. 아군과 적군의 말이 뒤섞여 있었다. 유릭의 명령에 따라 전사들을 말을 붙잡아 왔다.

"유릭! 무리해서 쫓지 마! 아직 전투가 끝나지 않았어!"

바르카가 피에 젖은 언덕을 타고 내려왔다. 아직 제국군의 저항이 남아 있었다. 승리가 거의 확실한 상황이었지만, 제국군의 저력은 언제나 적들을 불안케 했다.

"입 다물어. 지금 카르니우스를 놓치면 안 돼. 여기서 놈을 놓치면 절반은 진 거야."

유릭이 말고삐를 잡아당기며 단호하게 외쳤다. 그는 카르니우스의 숨통을 끊을 때까지 안심하지 못했다.

유릭은 추격대를 급하게 꾸려서 카르니우스를 쫓았다.

'추격대가 따라붙었군.'

간신히 전장에서 벗어난 카르니우스는 자신을 쫓는 무리들을 보며 이맛살을 찌푸렸다. 이렇게 도망가는 게 부끄러워 참기 힘들었다.

"장군, 여기서 목숨을 버리는 건 용기 있는 행동이 아닙니다."

기사 하나가 카르니우스의 마음을 읽듯이 말했다.

"어이이이이! 카르니이우으스스으의! 남자답게 승부를 내

자아아아-!!"

거리가 한참이나 떨어졌는데도 바로 뒤에서 말하는 듯했다. 경박하면서도 우렁찬 목소리가 나무와 숲을 타고 퍼졌다.

카르니우스는 그 목소리가 누구의 것인지 단번에 알아챘다.

'야만인 유릭.'

이번 전투가 끝나면 유릭의 유명세는 문명세계 널리 퍼질 것이다. 지금까지의 명성과는 비교도 할 수 없는 공포가 될 터. 북부용자 미요른보다 더 무시무시한 서부의 정복자.

카르니우스는 쓴웃음을 지었다. 야만인이라고 치부하기에는 너무나 무서운 존재가 자신의 뒤를 쫓고 있었다.

'문명세계를 파멸시킬지도 모르는 짐승이지.'

태양사제들은 서부의 약탈자들이 루의 심판이라 말했다. 루의 가르침을 어기고 방탕하게 살아온 문명인을 향한 천벌. 지금 문명인들이 루의 보호를 받지 못한 것도 그 때문이라고 성직자들은 떠들어댔다.

"고작 한 번 승리했다고 멋대로 지껄이는군!"

카르니우스를 호위하는 기사들이 분통을 터뜨렸다. 제국군의 패배를 조롱하는 목소리가 뒤에서 들려왔다.

'이번 전투의 패배 때문에 제국은 많은 위협에 맞닥뜨리겠지.'

카르니우스의 어깨가 무거웠다. 정예기사를 많이 잃었다. 퇴각한 제국군의 병력은 절반도 남지 않을 터다.

'내가 살아서 돌아가더라도 질책과 비난이 쏟아지겠군.'

패전의 책임은 무겁다. 카르니우스는 이미 두 번째 기회를 받고도 실패했다. 세 번째 기회가 안 올지도 모른다. 카르니우스의 정치적 숙적들은 이 기회를 호기로 삼아 어떻게든 카르니우스의 입지를 줄이려고 발악할 터다.

'하지만 내가 아니면 누가 이들로부터 제국을 지키겠는가?'

카르니우스는 입술을 잘근잘근 깨물었다. 불명예와 죄책감 때문에 당장에라도 자결하고 싶었다.

'그저 야만인 군대라고 생각했다가 싸운다면 나 같은 전례를 만들 뿐이다. 다시 한번 내가 군대를 이끌고 싸워야 돼. 그 어떤 모욕을 당할지라도……'

제국의 귀족은 그런 카르니우스를 알아주지 못할 터다. 염치도 모르는 늙은이라고 수군거릴 게 뻔했다. 사람들은 검귀 페르젠을 그리워하며 카르니우스의 무능함을 탓할 것이다.

'나는 추하게 살아남는다.'

그렇다고 다음 전투에서 이길 거란 보장은 없다. 만약 카르니우스가 한 번 더 패한다면 모든 문명인에게 경멸을 받을 것이다.

노망이 난 노친네, 명예도 부끄러움도 모르는 어리석은 기사. 개인적 감정 때문에 화평을 하지 않은 자, 문명세계를 파멸로 이끈 머저리. 역사가들은 모든 악의를 담아 카르니우스의 무능함을 기록할 것이다.

"그럴지라도……."

카르니우스는 부끄러운 삶을 택했다. 그는 말의 흔들림을 느끼며 눈을 잠시 감았다가 떴다. 초췌한 눈 밑은 검었다. 악다문 잇몸은 허물어져서 피가 흘러내렸다.

유릭의 추격대는 좀처럼 카르니우스를 따라잡지 못했다. 숲길인지라 도망가는 쪽이 훨씬 유리했다.

"카악!"

유릭 옆에서 말을 타고 오던 전사가 나무에 부딪혀 낙마했다. 유릭을 빼곤 승마술이 다들 어설펐다. 돌이 많고 나무가 많은 숲길을 헤쳐 나가기 힘들었다.

"멍청이들!"

유릭이 욕설을 내뱉으며 말의 옆구리를 찼다.

'제기랄, 역시 평생 말을 타고 다니는 기사들답군.'

카르니우스는 가까워지지 않았다. 유릭은 인상을 찌푸리며 숨을 크게 들이마셨다.

"어이이! 카르니우스으으으! 아들이 어떻게 죽었는지 궁금하지도 않아?"

유릭의 목소리가 숲을 타고 앞으로 뻗어갔다. 나뭇잎들이 거칠게 흔들렸다.

"장군, 무시하십쇼! 유치한 도발입니다!"

기사들이 이를 빠득 깨물며 말했다. 기사들도 말머리를 돌려서 싸우고 싶은 건 마찬가지였다.

"아들도 겁쟁이처럼 목숨만 살려달라고 벌벌 빌던데, 이제 보니 아버지를 닮아 천하의 겁쟁이였나 보군! 그 아비의 그 아들이지!"

유릭이 목청이 터져라 외쳤다. 빈정거리는 말투가 카르니우스와 기사의 신경을 벅벅 긁었다.

뿌드득.

카르니우스가 주먹을 불끈 쥐었다. 그의 얼굴이 벌겋게 변했다. 입술 밑으로는 피가 줄줄 흘러내렸다.

"끄으으."

카르니우스가 핏줄이 선 얼굴로 신음했다. 얼굴은 일그러지다 못해 사람의 형상이 아니었다. 기사들조차 카르니우스의 얼굴을 보곤 입을 다물었다.

"죽으면서 뭐라고 했더라? 아빠? 아빠? 아니지, 계집애처럼 엄마를 찾으며 질질 짜더군. 하기야 이런 겁쟁이 밑에서 자란 새끼가 제대로 된 사내일 리가 없지! 밤마다 남자 침대에 기어들어 가서 여자 역할을 하진 않았어?"

유릭은 목이 터져라 외쳤다. 그도 땀을 줄줄 흘렸다. 카르니우스를 놓쳐선 안 된다는 생각에 온갖 말을 내뱉었다. 말투와 달리 유릭에게도 여유가 없었다.

'도발에 걸려들지 않으면 놓친다. 따라잡지 못해.'

유릭과 함께 추격하던 전사들은 험한 숲길을 버티지 못하고 하나둘씩 낙마했다. 이젠 열 명 남짓 남았다.

'내 아들의 명예는 어디로 갔단 말인가?'

카르니우스의 머릿속은 새하앴다. 뒷일 따윈 생각도 나지 않았다.

"장군!"

기사들은 차마 그 이상 말을 잇지 못했다. 죽은 아들이 이리도 모욕당하는데 어찌 참으라고 말을 하겠는가?

"어디 한번 실컷 도망쳐라! 카르니우스! 아들의 원수가 여기에 있는데 잘도 도망가는군! 나 유릭이 여기에 있다!"

드디어 카르니우스가 뒤를 돌아봤다. 악귀처럼 흉흉한 눈동자가 유릭을 응시했다.

'추격대의 숫자도 고작해야 열 명 정도다.'

카르니우스와 기사의 숫자를 합치면 열 명이 넘었다. 지금 말머리를 돌려서 저들을 죽이고 도주해도 된다.

"나는……"

카르니우스가 중얼거렸다. 그 뒷말을 기사들이 기다렸다.

"……도저히 참을 수가 없네."

기사들이 투구가리개를 닫으며 고개를 끄덕였다. 어쩌면 기회일지도 모른다. 여기서 약탈자들의 수장을 죽인다면 제국은 큰 이득을 본다.

'패배를 만회할 기회다.'

기사들이 말머리를 돌리는 본질적 이유는 분노다. 그들은 유릭의 모욕을 참지 못했다. 패배의 만회 따위 갖다 붙일 핑계일 뿐이었다. 유릭이 도발하지 않았다면 결코 싸우지 않았을 것이다.

"대족장! 놈들이 오고 있소!"

전사가 외쳤다. 숲길을 반대로 가로지르며 기사들이 유릭을 향해 달려들고 있었다.

'제길, 기마전은 우리가 불리한데.'

유릭도 정신이 번쩍 들었다. 숫자는 엇비슷했다. 무조건 이길 거라는 승산은 없었다.

"가자! 죽여 버려어어!"

이제 와서 다른 수도 없었다. 유릭과 전사들은 기사들과 정면으로 충돌했다.

콰지직!

말에서 떨어지는 자들이 속출했다. 기사와 전사들이 뒤엉키며 땅바닥에 떨어졌다. 아직도 말을 탄 자들은 길게 선회하곤 다시 가속을 붙여서 달려들었다.

"야만인 유리이이익!"

카르니우스가 소리를 지르며 칼을 높게 들었다. 그가 힘차

게 말을 몰아서 유릭을 향해 달려왔다. 유릭도 말고삐를 잡고 는 내달렸다.

카앙!

칼과 칼이 부딪쳤다. 카르니우스는 어깨뼈가 뒤로 빠지는 듯한 느낌에 인상을 찌푸렸다.

'무지막지한 힘이로군.'

카르니우스는 낙마할 뻔했지만 간신히 버텼다. 그는 무언가 넘어지는 소리를 들었다.

"카악! 빌어먹을!"

균형을 잃은 유릭이 말과 함께 뒹굴었다. 힘에서는 이겼지 만 기마전투에 미흡한 탓이었다.

"멍청한 말 대가리 같으니! 킬리오스였다면 알아서 버텼어!"

유릭이 다리가 부러진 말의 머리를 발로 걷어찼다. 그는 뼈 근한 몸으로 다시 칼을 들었다.

"야만인 유릭, 내 아들을 모욕한 대가를 치를 거다."

카르니우스가 칼날을 콧잔등에 대며 기도하듯 중얼거렸다.

'드디어 기회가 왔구나, 리오.'

마음이 홀가분했다. 리오의 원수가 눈앞에 있었다.

'루여, 도와주시옵소서. 제 모든 걸 가져가도 좋습니다.'

카르니우스가 말고삐를 잡아당겼다. 그가 자세를 숙이며 유 릭을 향해 달려들었다.

'도끼를 던져 죽인다. 망할 영감탱이.'

유릭은 허리 뒤로 한 손을 가져갔다. 그는 카르니우스가 사정거리에 올 때까지 기다렸다.

휘릭!

유릭의 손이 빠르게 움직였다. 도끼 던지기는 유릭이 가장 좋아하는 기술이다.

캉!

카르니우스는 칼날을 들어서 도끼를 쳐냈다. 유릭의 도끼가 옆으로 튕기며 나무에 박혔다.

'공격이 올 거라는 걸 빤히 안다면 쉽게 막을 수 있지.'

유릭이 도끼 던지기를 하리라는 건 예상했다. 야만인들을 하루 이틀 상대해 본 게 아니었다.

"하핫."

유릭이 웃으며 양손으로 칼자루를 잡았다.

키이잉!

두 사람의 칼날이 길게 부딪쳤다. 유릭은 다리를 들어서 말의 무릎을 걷어찼다.

"히이잉!"

말이 균형을 잃으며 쓰러졌다. 유릭은 낙마하는 카르니우스를 덮치며 칼을 내리 찔렀다.

푸욱!

카르니우스는 낙마하면서도 잽싸게 몸을 굴렸다. 유릭의 칼
이 흙바닥을 찍었다. 깊게 박혀서 칼날이 금방 빠지지 않았다.

"후웁!"

유릭이 땅바닥의 돌멩이를 잡아서 내던졌다. 돌멩이를 머리
에 맞은 카르니우스가 이마를 붙잡으며 비틀거렸다.

뿌득!

유릭은 그 틈에 땅에 박힌 칼을 뽑았다.

"우오오오오!"

어느새 기사 하나가 유릭의 뒤를 노렸다.

"대족장!"

싸우던 전사가 유릭의 위기를 보고 소리를 쳤다. 전사와 기
사가 이리저리 엉킨 난전이었다. 유릭은 허리를 숙여서 기사의
칼을 피했다.

'제기랄.'

카르니우스는 그 틈을 놓치지 않고 유릭을 공격했다. 유릭
은 덩치에 어울리지 않게 유연하게 몸을 움직였다. 공중제비
를 돌듯 뒤로 몇 번이나 굴렀다.

"후욱, 후욱."

유릭의 어깨가 들썩였다. 카르니우스도 숨을 헐떡이며 체력
을 가다듬었다. 체력의 고갈은 나이가 많은 카르니우스가 더
심했다.

유릭은 자신을 향해 다가오는 기사를 바라봤다. 모두 말에서 떨어져서 도보로 난전을 벌이고 있었다.

키잉! 캉!

지친 유릭을 노리던 기사가 맥없이 쓰러졌다. 유릭은 어느새 챙긴 도끼로 기사의 안면을 찍었다.

"까불고 있어."

유릭이 기사의 머리를 걷어차 목뼈를 꺾었다. 그는 도끼와 칼을 교차하며 카르니우스를 향해 성큼성큼 걸어왔다.

'말과 행동은 경박하지만 그 누구보다 강하다.'

카르니우스도 유릭의 위용을 잘 봤다. 약탈자의 수장이라는 자리가 감히 아깝지 않았다. 문명세계에 떠돌던 유릭의 명성들은 하나같이 거짓이 아니었다. 전설적인 전사라 칭해도 모자람이 없다.

'경박한 도발은 의태였을 뿐.'

카르니우스가 조용히 유릭의 눈을 바라봤다. 상대는 감정적인 야만인이 아니라 냉철한 전사였다. 카르니우스를 놓치지 않기 위해 온갖 수를 써가며 쫓아온 사내.

"그대로 도망가면 어쩌나 싶었어."

유릭이 카르니우스를 보며 중얼거렸다.

"뻔한 도발을 알고도 걸려준 거네, 야만인 유릭."

그 말을 들은 유릭이 어깨를 들썩였다.

"웃기고 있네. 불명예와 모욕을 견딜 용기와 인내가 없었던 거겠지."

유릭이 비웃음을 흘렸다. 카르니우스가 발끈하며 달려들었다.

캉!

유릭이 팔을 길게 뻗어 칼을 휘둘렀다. 카르니우스의 팔은 유릭의 힘을 이기지 못하고 위로 치켜 올라갔다.

콰득!

유릭은 경쾌하게 박자감을 살려서 도끼를 휘둘렀다. 망치처럼 묵직한 도끼가 카르니우스의 머리를 노렸다.

카르니우스는 상체를 비틀어 도끼의 궤도를 피했다. 도끼는 목덜미의 갑옷을 스치며 지나갔다. 경사진 판금갑옷은 공격을 쉽게 흘려냈다. 장군이 입는 갑옷답게 첨단기술의 정점이었다.

생사가 갈리는 일격이 교차했다.

"퉷!"

유릭은 카르니우스의 얼굴에 침을 뱉었다. 피 가래가 섞인 걸쭉한 침이 카르니우스의 눈에 명중했다.

침 때문에 카르니우스의 눈앞이 흐렸다. 강철장갑을 끼고 있어서 쉽게 닦아내지도 못했다.

"투구를 꼭꼭 잘 쓰고 다녔어야지!"

유릭이 소리를 지르며 기회를 놓치지 않았다. 도끼와 칼을 이용한 난도질이 시작됐다. 유릭은 카르니우스의 팔을 도끼로 내려쳐 부러뜨렸다. 이어서 그의 흉갑 밑으로 칼날을 구겨 넣었다.

"뿌드득!"

카르니우스의 내장이 찢기는 소리가 났다. 내장을 휘젓는 칼날의 감촉이 서늘했다.

"쿨럭!"

카르니우스가 피를 토하며 유릭의 어깨를 붙잡았다. 부릅뜬 두 눈에서는 피눈물이 흘러내렸다.

"나는……! 나는!"

카르니우스가 그 말만을 반복했다. 다른 전사와 싸우던 기사들도 비명을 내지르며 카르니우스를 쳐다봤다.

"뿌득!"

유릭이 칼날을 더 깊게 집어넣었다. 카르니우스의 몸뚱이가 크게 들썩였다.

"루여, 어째서……."

바싹 늙어버린 목소리였다. 루는 카르니우스에게 복수를 허락하지 않았다.

"죽거든 가서 물어보라고."

유릭이 카르니우스의 몸통을 발로 밀어내며 칼날을 빼냈다. 그는 엉망이 된 칼날을 가볍게 털었다.

카르니우스의 눈동자와 몸이 식어갔다.

저항하던 기사들조차 하나둘씩 목숨을 잃거나 이리저리 뛰어서 도망갔다. 유릭은 그들을 굳이 쫓지 않았다. 지금은 이정도면 충분했다.

　'오늘은 피를 많이 흘렸어.'

　화평은 이뤄지지 않았다. 그만큼 많은 피를 흘렸다.

　아들을 잃은 아비가 날뛰었다. 유릭은 그를 자극했었다. 뒷맛이 개운하지 않았다.

　'얼마나 많은 카르니우스가 있었고…… 또 생겨날까?'

　유릭은 눈을 뜨고 죽은 카르니우스의 시신을 수습했다. 그의 시체는 제국으로 보낼 것이다.

Chapter 6

　"포를카나와 카셀마로니가 독립을 선언했소."

　"서부와 북부의 도움을 받고 있지. 야만인과 손을 잡을 줄이야. 한 치 앞도 보기 힘든 세상이 왔어."

　"제국은 도대체 뭘 하고 있는 거요?"

　어딜 가도 그런 이야기가 돌았다. 소식이 느린 시골조차 문명세계의 혼란을 모르는 사람은 없었다. 사람들은 두려움에 떨면서도 새로운 세계가 열린다는 조그마한 기대감에 들떴다.

　서부의 약탈자는 문명세계의 왕국과 손을 잡았다. 북부인은 스스로 태양의 국가를 세우겠다고 외치고 있었다. 제국이라는 공적을 두고 가치관이 다른 세력들이 손을 잡았다.

　"천년제국은커녕 백 년도 버티지 못하는군."

"아직 모를 일이야. 제국이 그렇게 쉽게 무너지겠어?"

"이번에 제대로 당했다는데? 듣기론 화평을 청했다가 결렬
되었다고 하더군. 그만큼 제국이 수세에 몰린 거지."

문명세계에서 칼을 좀 쓴다는 사내들은 죄다 용병업에 뛰어
들었다. 제국은 물론이고 왕국들도 군대를 불리느라 정신이
없었다. 제국이 무너지면 문명세계의 평화와 균형도 함께 깨지
는 거나 마찬가지다.

"하기야 평화가 길었지."

노인들은 평생을 전쟁과 함께 살아왔다. 전쟁이 줄어든 평
화기는 십여 년에 불과했다. 문명의 역사로 따져 보면 평화기
가 기이한 시대일 뿐이다. 전쟁은 항상 있어왔다.

"약탈자들의 수장을 알아? 유릭이라는 야만전사라고 하더군."

"유릭?"

"물 대신에 피를 마시고, 사람고기를 즐겨 먹는 야만인이라지?"

"끔찍하군. 그런 놈과 동맹을 맺고 손을 잡다니……."

제국군의 대패 소식은 금방 퍼져 나갔다. 약탈자들을 이끄
는 수장의 이름은 공포의 상징이 되었다. 온갖 괴이한 소문이
떠돌았다.

따각, 따각.

제국군의 패잔병은 허망하게 제국의 수도 하멜로 돌아갔

다. 특히 기사들의 꼴은 처량하기 그지없었다.

'이게 자비라고?'

패배한 제국기사들은 자신의 허한 손목을 바라봤다. 목숨을 건졌지만 기사로서 인생은 끝났다. 오른손이 잘려서 무기를 잡지 못했다. 잘린 손을 볼 때마다 온몸이 부들부들 떨렸다. 가혹하기 짝이 없는 처사였다.

'미친 야만인 놈들.'

하지만 유릭은 그걸 자비라고 말했다. 기사들은 자신들의 처우가 결정되던 날을 떠올렸다.

귀족인 기사들은 당연히 몸값을 받고 풀려날 거라 생각했다. 포를카나 왕국 측에서도 몸값을 받고 풀어주자는 쪽으로 의견이 기울었다.

"자비를 베푸시오, 유릭."

전투가 끝난 뒤에 고트발도 포로들을 보며 그렇게 말했다.

"안 돼, 쟤들은 전투의 달인이잖아. 한둘도 아니고 수백 명이나 그냥 풀어주라고?"

유릭은 어림도 없다는 듯이 고개를 저었다. 그의 말에 몸값 협상을 나온 제국기사들은 사색이 되었다.

유릭은 모피를 두른 의자에 앉아서 무릎을 꿇고 있는 제국 기사들을 바라봤다. 가문이 좋고 지위가 높은 제국기사 열 명이 대표로 나와 있었다.

고트발이 도와달라는 표정으로 바르카를 쳐다봤다. 바르카는 딴 곳을 보고 있다가 어색하게 웃으며 입을 열었다.

"유릭, 저들을 전부 죽여선 안 돼. 포를카나 내에도 친인척이 많아. 모든 귀족들은 다들 혈연관계가 조금씩 있어. 저들의 아버지나 할아버지들 중에서도 포를카나 출신이 있을 거고. 이번 전투는 너희 연맹군만 참전한 게 아니라, 포를카나도 연관이 되어 있지. ……내 체면 좀 세워줘."

바르카가 마지막 말은 속삭이듯 작게 말했다.

"저렇게 위험한 놈들은 그냥 보내주면 다시 무장해서 덤벼올걸? 놈들이 싸우는 걸 봤잖아. 보통이 아니야. 무시무시하다고."

유릭이 그리 말했다. 제국기사들의 표정은 오묘하기 짝이 없었다.

대단한 적수인 야만인 유릭이 제국기사의 실력을 인정했다. 유릭의 입에서 제국기사는 강하니까 살려줄 수 없다는 말이 나왔다. 기사들 입장에서는 기분이 좋으면서도 가슴이 철렁한 말들이었다.

"처우에 따르겠소."

대표로 나온 제국기사들은 자존심을 지켰다. 목숨을 구걸하지 않았다.

"봐봐, 여기서 죽여도 괜찮다고 말하잖아. 전사라면 당연히 그래야지."

유릭이 넉살 좋게 웃었다. 그 말에 포를카나 귀족들이 술렁거리며 유릭의 욕을 했다.

"유릭! 이미 많은 피를 흘렸습니다. 여기서 더 많은 피를 흘릴 셈입니까?"

고트발이 악착같이 기사들의 목숨을 구하려고 했다. 그의 행동에 기사들이 술렁였다.

'야만인의 수장 앞에서 저렇게 외치는 태양사제는 누구란 말인가?'

누가 봐도 고트발은 태양교의 성직자였다. 야만인 수장과 태양사제는 기묘한 조합이었다.

유릭은 턱을 긁적거리며 피딱지를 떼어냈다. 상대가 고트발인지라 쉽게 무시하기도 힘들었다.

"아니, 내 말을 왜 이해 못 해? 잘 싸우는 놈들을 그냥 풀어 주면 나중에 우리가 그만큼 죽는 거잖아. 거, 참."

유릭도 짜증을 내며 중얼거렸다. 제국기사의 처우를 두고 여러 말이 오갔다. 문명의 일원인 포를카나 입장에서는 제국기사를 몰살시킬 순 없었다.

유릭은 이마를 짚으며 기사들을 쳐다봤다. 그가 길게 한숨을 내뱉었다.

"그럼 자비를 베풀지."

그 말에 고트발의 표정은 밝아졌고, 기사들의 눈동자는 흔들렸다.

"잘 생각했습니다, 유릭. 분명 루께서도 더 큰 축복으로 오늘의 자비를 되돌려 줄 겁니다."

고트발이 말하든 말든 유릭은 손도끼를 기사들 앞에 던졌다. 그가 무심히 입을 열었다.

"오른손을 잘라. 그러면 살려서 보내주지."

"그게 무슨!"

기사들이 벌떡 일어났다.

"내가 양보할 수 있는 건 여기까지다. 납득할 수 없다면 목이나 깨끗이 닦고 와."

유릭은 단호했다.

고트발도 바르카도 더 이상 뭐라 말할 수가 없었다. 그들의 부탁대로 유릭은 기사들을 죽이진 않았다.

기사들에게 선택의 여지는 없었다. 그들은 서로의 얼굴을 마주하며 고개를 끄덕였다. 손이 잘리더라도 돌아가는 게 나았다.

"이 굴욕은 잊지 않겠소."

기사들이 그리 말하며 유릭이 던진 도끼를 잡았다. 유릭은 어깨를 으쓱하며 육포를 찢어 먹었다.

"잊어도 돼. 내가 자비를 베푼 것만 기억하라고. 큭큭."

유릭의 낮은 웃음소리가 기사들의 귀에 박혔다. 포로로 잡힌 제국기사들은 오른손을 잃었다. 설사 왼손잡이더라도 기사의 삶은 끝난 거나 마찬가지였다.

오른손이 잘린 기사들은 붕대를 칭칭 감고 제국으로 돌아갔다. 그들의 꼴을 본 제국인들은 공포에 떨었다. 눈에 보이지 않는 죽음보다 신체적 결손이 더 자극적이었다.

황제 얀키누스는 북부전선에서 고전을 면치 못했다.

문명화된 북부전사들은 제국의 전략전술을 그대로 따라 했다. 불리할 때는 요새에서 버티면서 수성전을 벌였고, 별동대를 풀어서 제국의 뒤를 공격했다. 더군다나 북부인과 손을 잡은 카셀마로니 왕국은 거세게 제국을 압박했다.

카셀마로니의 정규군은 제국군의 보급로를 반복해서 공격했다. 더 이상 전선을 나누기 힘든 제국군은 궁지에 빠진 상태였다.

그런 와중에 카르니우스의 패전 소식까지 북부에 닿았다.

"카르니우스……."

얀키누스는 서신을 받아 들곤 이마를 감쌌다. 그는 포도주 병을 거꾸로 들어서 땅바닥에 쏟았다.

"저, 전하!"

얀키누스의 옆에 있던 몸시중 여인이 바들바들 떨었다. 황실에 속한 여인들 중에서 얀키누스의 성격을 모르는 이는 없다. 특히 나쁜 소식을 들은 얀키누스의 손버릇은 악독하기 그지없었다.

와장창!

얀키누스가 텅 빈 포도주병으로 여인의 머리를 후려쳤다. 유리 파편이 여인의 머리와 얼굴에 박혔다. 여인은 비명조차 지르지 못하고 입을 막으며 흐느꼈다.

"나가서 주치의에게 내가 보냈다고 해라."

얀키누스는 보지도 않고 그리 말했다. 그는 침대 옆에 놓인 옷가지 몇 개를 대충 잡아서 여인에게 던졌다.

'화평을 하지 않은 것도 모자라 패전이라니…….'

여러 선택지 중에서도 가장 최악의 결과였다. 문책을 하고 싶어도 카르니우스는 이미 죽었다.

"하, 하하."

얀키누스는 허탈하게 웃음을 토하다가 입을 막았다. 그는 몸을 기울이곤 헛구역질을 했다. 식은땀이 줄줄 흘러내렸다.

"내 대에서 무너진단 말인가? 이 제국이?"

억압된 왕국들이 몸을 일으켜 세우고 있었다. 제국의 주력
군은 야만인들을 상대하느라 바빴다. 왕국을 정벌한 여유조
차 없었다.

'지금 귀족들이 내 말을 들을까?'

군대를 한 번 더 모아야 한다. 이번에는 황제직할령만으로
무리였다. 변방의 귀족들의 도움마저 필요했다. 반황제파니 뭐
니 따지지 않고 모든 귀족이 병력을 보내야 지금 상황을 해결
할 수 있었다.

'다시 하멜로 돌아가야 한다. 북부전선에서 시간을 보낼 때
가 아니야.'

얀키누스는 전술지도를 바라봤다.

'누구에게 북부전선을 맡기지? 태양전사단장 알프난? 아니,
공명심에 눈이 멀어서 일을 그르칠 놈이야.'

유능한 지휘관이 당장 생각나지 않았다. 제국의 인재는 과
도기였다. 제국과 전성기를 누린 노인들이 물러나고, 새로운
젊은이들이 막 경험을 쌓을 시기였다.

'카르니우스만 한 사람이 없다.'

상황이 좋지 않았다. 조만간 왕국들이 제국에 선전포고를
할 것이다.

'어디서부터 잘못된 것인가?'

얀키누스는 눈을 감고 자신의 판단들을 복기했다. 그는 동 대륙 탐사와 하늘산맥 개척에 많은 투자를 했다. 국고낭비라 고 외치는 귀족들이 있었으나, 경제적으로 풍족한 제국에겐 큰 문제가 아니었다.

'미래로 보면 투자할 가치가 있는 사업들이었어.'

결정적인 판단실수는 야일루드와 서부개척이었다. 서부와 문명세계를 잇는 통로를 만들어버린 셈이다. 서부를 개척하는 데 군단 하나만으로도 문제가 없으리라 생각했었다.

계산상으로는 정확한 판단이었다. 통합되지 않은 야만인들 을 상대론 군단 하나면 충분했다.

"유릭…… 거기서 네가 나왔지."

모든 일의 원흉은 유릭이었다. 일찌감치 두 세계를 먼저 오 간 탐험가이자 전사.

유릭은 서부는 빠르게 통합하고 제국의 군단을 기다리고 있었다. 아무리 빈약한 야만인 부족의 군대라지만 통합된 힘 은 대단히 강했다. 약탈자들은 군단을 몰살시키고 야일루드 를 점거하며 힘을 불려갔다.

"큭큭, 죽일 수 있을 때 죽였어야 했거늘."

유릭이 이토록 큰 위협이 될 줄은 몰랐다. 그저 싸움을 잘하 는 야만인이라 생각했다. 이용해 먹을 수 있는 도구로만 봤다.

"자, 그럼 어디부터 수습해야 할까?"

얀키누스는 눈동자를 굴리며 판도를 바라봤다. 이제 와서 포를카나와 약탈자들이 화평을 받아들이진 않을 것이다. 화평을 하더라도 큰 전투에서 이겼으니 과하게 많은 걸 바랄 게 분명했다.

'설득할 수 있는 건 다른 왕국들이다. 선전포고를 하기 전에 원하는 걸 줘야겠지.'

얀키누스는 왕국을 포기했다. 지금 상황에서 속국을 유지하는 건 불가능에 가까웠다.

"당할 게 뻔하다면 원하는 걸 먼저 주는 게 옳다."

얀키누스가 배운 지식을 중얼거렸다.

다른 왕국과 사이가 비틀어지기 전에 먼저 양보를 하면 된다. 적어도 적대적 관계를 면할 수 있다.

'카셀마로니와 국경선이 붙어 있는 기스킨 왕국에게 우리가 점령했던 영토를 돌려주면 돼. 기스킨 왕국은 우리를 적대하기보다는 오랜 숙적이었던 카셀마로니의 뒤를 치고 싶어 할 거다. 기스킨의 군사행동이 시작되면 카셀마로니 군대는 우리와 싸울 여유가 없어지겠지.'

당장의 군대가 부족하다면, 다른 왕국을 이용해 적대적 왕국을 묶어둬야 한다.

그는 제왕학을 배운 황제다. 오십 년의 초대 황제는 대통합을 그런 식으로 이뤘다. 여러 왕국과 손을 잡고 때론 배신하며 세력을 키워갔다.

'역사로부터 배우는 거지.'

이미 전란을 막는 건 무리였다. 그렇다면 혼란을 최대한 이용해야 한다.

'포를카나와 서부의 약탈자들이 제국의 동부를 좀 먹는 건 어쩔 수 없어. 지방영주들이 알아서 버텨주면 좋겠지만 크게 기대할 순 없겠지.'

얀키누스는 엄지손톱을 깨물었다.

'카셀마로니가 빠지면, 전력을 다해 북부반란군을 위로 밀어내야 한다. 놈들이 가진 요충지 셋만 뺏어도 교착상태로 만들 수 있어.'

북부반란군은 제국이 선별한 요충지의 요새를 점거했다. 거기다가 카셀마로니의 지원을 받아서 제국을 상대로 대등하게 버티고 있었다. 반대로 말하자면, 그 요충지만 뺏는다면 소수의 제국군만으로 북부반란군의 발을 묶어둘 수 있다.

'서부와 포를카나를 묶어두지 못했다면…… 이번에는 북부의 발을 묶어야겠지.'

찌익!

얀키누스가 단도를 들어서 지도에 꽂았다. 그는 외투를 걸치곤 밖으로 나가 지휘관과 서기관들을 호출했다. 불리해진 상황에서도 황제는 돌파구를 궁리했다.

삼대를 걸친 정복자의 피가 뜨겁게 달아올랐다. 굶주린 이리 같은 입김이 사납게 흩날렸다.

오십여 년 만에 전란의 시대가 다시 찾아왔다. 얀키누스는 할아버지의 시대를 생각했다. 지금보다 더 절망적인 상황 속에서도 제국을 키워낸 위대한 초대 황제. 그때에 비하면 제국은 아직까지 한참이나 유리한 상황이었다.

Chapter 7

　고트발은 사람을 모아두고 목청을 가다듬었다. 많은 사람들이 고트발의 말을 듣고자 모여들었다. 특히 문명인 용병들은 고트발에게서 도덕적 위안을 얻었다.

　"세상은 혼란스러우며, 무엇이 옳고 그른지 확실하지 않은 시대입니다. 제가 아는 병사는 돈이 필요했습니다. 가난한 농노의 아들로 자라나 영주의 착취를 피해 도망쳤지요. 좋아하는 여인이 있는데 결혼을 하려면 영주로부터 몸값을 지불해야 했습니다. 다시 말하지만 병사는 돈이 필요했습니다. 그래서 지금은 용병이 되어 야만인이라 불리는 연맹군 소속으로 제국과 싸우고 있죠. 이 이야기는 여러분 중의 누군가입니다."

　고트발이 사람들을 쳐다봤다. 하나하나 눈을 마주치며 응시했다.

"돈이 필요했던 병사는 용병으로 활동했습니다. 사람을 죽이고 약탈을 했지요. 논밭과 집을 불태우기도 했습니다. 누군가의 아들을 죽였고, 아이의 아빠를 죽이기도 했겠지요. 많은 슬픔과 좌절이 생겼을 겁니다. 우린 그 행동에 책임을 지고 죄책감을 가져야 합니다."

"그럼 우린 어째야 합니까? 고트발 수사님."

"무엇이 옳고 그른지는 이미 당신도 알고 있을 겁니다. 단지 실천할 용기가 없었던 것뿐이죠. 더 옳다고 생각하는 일을 하면 됩니다. 도덕적 선택을 할 때마다 루가 보고 있다고 생각한다면 옳은 일을 할 수밖에 없을 겁니다."

고트발은 쓰게 웃었다. 말을 그렇게 해도 자신도 항상 루의 가르침을 지키지 못했다.

'그저 최선을 다할 뿐.'

고트발은 다른 사람들의 고해성사를 듣거나 조언을 하며 대부분의 시간을 보냈다. 고트발의 명성을 듣고 온 자들은 나날이 많아졌다.

"야만인……."

용병들은 고트발의 말을 듣는 서부인들을 바라봤다.

"계속해, 성직자. 우린 신경 쓰지 말고."

서부인의 입에서 능숙한 제국어가 나왔다. 문명세계의 공용

어나 다름없는 제국어였다.

제국어를 익힌 서부인들은 부족세계에서는 상당한 지식인이었다. 지적 호기심이 왕성했기에 제국어를 열심히 배웠으며, 유릭처럼 문명세계에 대한 매력을 느낀 자들이었다.

서부인이 호기심을 느낀 건 문명의 기술과 종교였다. 문명세계의 기술은 복잡한 기계장치를 만들 정도였고, 태양교는 부족신앙과 비교가 되지 않을 정도로 정교하고 체계적이었다.

태양교는 두리뭉실한 부족신앙보다 훨씬 뚜렷했다. 무엇보다 태양신 루라는 구체적인 존재조차 있었다.

"그 태양신 루를 믿으면 죽어서 다시 살아난다는 건가?"

서부인이 질문을 했다. 고트발은 눈을 크게 떴다.

"윤회입니다. 다시 살아난다는 것과는 조금 다른 의미죠. 깨끗해진 영혼은 새로운 육체에서 다른 삶을 살게 됩니다. 만약 루께서 윤회를 허락하지 않는다면 악령이 되어 영영 지상을 떠돌며 고통을 받습니다."

"그럼 우리 조상들은 전부 악령이 되었겠군."

서부인들이 자기네들끼리 떠들며 웃었다.

고트발을 찾아오는 서부인이 나날이 늘어났다.

'이게 내 사명인가.'

고트발은 적극적으로 포교했다. 북부인과 달리 서부인들은 무척이나 개방적이었다. 종교관도 굉장히 허술해서 태양교의 세계관을 자연스레 받아들였다.

태양교에 관심을 가지는 서부인들이 늘어만 갔다. 심심풀이 삼아서 세례를 받는 전사들도 생겨날 정도였다.

정령이나 신 같이 강력한 존재의 가호는 전사에게 많으면 많을수록 좋았다. 그런 단순한 동기로 전사들은 세례를 받았다. 딱히 윤회하거나 루의 가르침을 따르기 위한 목적은 아니었다.

육손이는 그런 고트발의 행동이 불쾌했다. 참다못한 그는 직접 유릭을 만나 고트발의 포교에 대해서 따졌다.

"그 사내가 자신의 신에 대해 말하는 걸 그만두게 하십쇼, 대족장."

육손이가 거무스름한 이를 드러내며 말했다.

삐걱.

유릭은 흔들의자에 앉아서 딴청을 피웠다.

연맹군은 포를카나 국경요새에 주둔 중이었다. 패전한 제국 군의 물자를 그대로 빼앗다시피 해서 군량도 여유가 있었다. 재정비가 끝나면 바로 제국으로 진군할 생각이었다.

"유릭!"

육손이가 소리를 지르며 삿대질을 했다. 뼛조각이 달그락거리는 지팡이 소리가 요란했다.

"고작 몇 명이 쪼르르 달려가서 이야기를 듣는 거잖아? 사미칸도 태양교를 배척하지 않았어. 별로 중요한 일도 아니라고."

"내겐 중요한 일입니다, 대족장."

"그보다 고트발은 내가 하지 말라고 해서 하지 않을 사람도 아니지. 내 부하가 아니거든. 어디까지나 내 손님이다."

"……시체가 되면 멈추겠죠."

육손이가 시커먼 입술을 씰룩였다.

"고트발은 내 손님이라고 말했다, 제사장 육손이."

유릭도 미간을 찌푸렸다.

"대족장 유릭! 당신은 서부의 수장이요! 이곳 사람들을 언제까지 끼고 돌 셈입니까! 진짜 우리를 위한 대족장인지 의심하는 자들도 있습니다!"

육손이가 일갈을 터트렸다. 그의 지적은 일리가 있었다. 유릭의 측근에는 문명인이 많았다. 문명인과 어울리는 시간이 더 많을 정도였다. 그걸 안 좋게 보는 자들도 있었다.

"엉뚱하게 말을 돌리지 마. 미리 말해두는데 고트발에게 손대면 넌 죽어."

"연맹의 제사장을 죽인다고? 유릭, 사미칸처럼 폭군이 될 생각입니까?"

육손이가 음침하게 웃었다.

사미칸조차 세력이 강해진 육손이를 쉽사리 건드리지 못했다. 지금 육손이는 그때보다 더 강해졌다.

낯선 타지에서 주술사에게 의지하는 전사는 한둘이 아니었다. 주술사들은 기묘한 약을 써서 전사들에게 고향의 냄새와 풍경을 보여주곤 했다.

"대족장 유릭! 내가 너를 만들었어. 대지의 아들이라는 신성도 내가 부여했지! 내 도움 없이 사미칸을 축출할 수 있었을까? 순순히 대족장의 권력을 받을 수 있도록 내가 모든 걸 안배했지! 하늘의 뜻을 짊어지게 도왔어! 내가 너를 대족장으로 만들었다!"

육손이가 손가락을 어지럽게 구부리며 유릭을 향해 주술을 걸듯 외쳤다.

유릭은 고개를 옆으로 기울였다. 그는 육손이의 여섯 손가락을 멍하니 쳐다봤다.

"그래서?"

유릭의 대구에 육손이는 천천히 화를 삭였다.

"제사장은 하늘의 뜻을 보는 자요, 대족장. 하늘의 도움 없이는 그 무엇도 해내지 못합니다."

육손이는 언제 화를 냈냐는 듯이 공손히 말했다. 그가 지팡이로 가볍게 바닥을 두드리며 소리를 냈다.

"하늘의 도움이라……."

유릭이 가볍게 웃었다. 그는 육손이가 바깥으로 나가는 걸 바라봤다.

포를카나-연맹군은 재정비를 하면서 제국과의 결전을 준비했다. 아직 제국은 건재하다. 병력을 크게 잃은 정도로 제국이 무너지진 않는다.

'되도록이면 전쟁을 빨리 끝내고 싶어.'

유릭은 주둔지를 돌아다니며 전사들을 바라봤다. 전투가 끝나면 전사의 숫자는 눈에 띄게 줄었다. 부족전사들은 용맹하게 싸운 만큼이나 그 숫자도 빨리 줄었다.

'장기전은 안 돼. 몇 번을 싸워 이겨도 제국의 땅에서는 병사들이 끝없이 나와. 지금의 기세에서 제국을 크게 무너뜨려야 한다.'

유릭의 생각은 정론이었으며, 바르카나 게오르크 같은 이들도 똑같이 생각했다. 유릭과 바르카는 요새의 성루에 앉아서 국경 너머를 바라봤다. 요새 내부에서는 병사들이 출정준비를 하고 있었다.

"지금이 기회야, 유릭. 준비만 끝나면 빠르게 진군하는 게 좋아. 제국이 군대를 모으려면 오래 걸릴 거야."

바르카가 팔짱을 끼고 성루 끄트머리에 섰다. 그의 옷자락이 길게 펄럭였다.

"룽겔 공작은? 나를 별로 좋아하진 않을 텐데?"

"그렇긴 해도 큰 발언권은 없어. 다른 귀족들에게는 독립을 얻어냈다는 게 더 중요하니까. 더군다나 야만인 군대와 손을 잡은 게 우리만 그런 게 아니라서 체면도 나름 섰어."

카셀마로니와 북부독립군의 연합소식은 포를카나까지 닿

았다. 제국의 다급한 화평요청도 전부 이해가 갔다.

"황제가 북부전선에 있을 때 치고 올라가자고. 곧장 올라간다면 일 년 안에도 전쟁을 끝내는 게 가능해."

"일 년? 유릭, 너도 하멜의 높은 성벽을 봤잖아. 거긴 제국의 수도야. 비축물자도 수년은 되겠지. 공성전을 하더라도 수년은 걸릴걸."

"누가 공성전을 한다고 했어?"

"어?"

바르카가 뒤를 돌아 유릭을 쳐다봤다.

"당연히 그 성벽을 뚫는 건 불가능하지. 아까 내가 말한 거 못 들었어? 황제는 북부전선에 있어."

바르카의 눈동자가 커졌다.

"먼저 치자는 거로군!"

"황제가 하멜로 입성하기 전에 놈의 군대를 친다."

"제국은 황권이 강한 만큼 황제의 자리가 공백이면 혼란도 심해질 거야. 그렇기에 황제도 최대한 빨리 북부전선에서 내려오려고 하겠지."

"그래, 황제가 하멜에 들어가기 전에 생포한다면 전쟁은 끝나."

유릭이 고개를 들어서 북쪽을 쳐다봤다.

'이게 전쟁을 끝낼 방법이지. 전쟁을 길게 가면 전세가 언제 뒤바뀔지 몰라. 모든 전투에서 승리하더라도 만만찮을 거다.'

유릭과 바르카는 진군경로에 대해 이런저런 이야기를 했다. 북부전선에 있는 황제를 습격할 거라면 최대한 빠른 길로 가는 게 나았다. 길이 좀 험하더라도 시간을 다투는 일이었다.

"이쪽으로 가는 게 제일 빠르지 않아? 거긴 좀 멀잖아."

"유릭, 힘이 센 지방영주들의 땅은 피하는 게 나아. 쉽게 항복하지 않아서 시간만 잡아먹을 거야."

"하멜을 지나쳐서 가긴 하는군. 갑자기 뒤에서 군대가 나오진 않겠지?"

"수비대 병력으로는 야전을 벌이지 않을걸? 듣기론 북부전선에 상당한 투자를 했다고 들었어. 요격을 나올 정도의 병력은 없을 거야……."

바르카는 지도를 짚어가다가 제국수도 하멜에서 손가락을 멈췄다. 푸른 눈동자가 호수의 소용돌이처럼 요동쳤다.

'다미아 누님.'

바르카는 유릭을 빤히 쳐다봤다.

"뭘 봐? 할 말이 있으면 사내답게 해. 아직도 계집애처럼 구냐?"

유릭이 키득키득 웃었다.

"너 혹시……."

바르카는 말을 하다가 말았다. 누이의 얼굴이 뇌리에 맴돌았다. 조카의 얼굴은 유릭과 닮아 있었다. 유릭을 아는 자들이면 아들이라는 걸 대번 알아볼 것이다.

"말을 하지 못할 거면 꺼내질 마."

유릭은 더 캐묻지 않았다. 그가 아는 바르카는 도리를 알고 똑똑한 청년이다. 말을 하지 않았다면 분명 그만한 이유가 있을 거라 생각했다.

포를카나-연맹군은 정비를 끝내고 제국의 국경을 넘어갔다. 제국군을 대패시킨 군대를 막을 영주는 없었다. 지방영주들은 그저 자신의 영지에 오지 않길 바라며 몸을 웅크렸다.

"후우."

문명세계의 여름이 왔다. 날씨가 습했다.

"여긴 다 좋은데, 여름은 최악이야."

행군하던 전사들이 투덜거렸다. 더위라면 얼마든지 참겠지만 불쾌한 습기만큼은 견디기 힘들었다.

유릭은 킬리오스 위에 올라탄 채로 찬물을 벌컥벌컥 마셨다. 목을 축인 유릭은 남은 물을 킬리오스 머리 위에 뿌렸다.

"이런 날씨에 행군하려니 죽겠군. 냄새도 고약해."

2만이 넘는 병력이 움직이고 있었다. 포를카나의 보급병들까지 따라붙어서 행렬이 길게 이어졌다. 가뜩이나 목욕문화가 없는 서부전사들인지라 냄새가 지독했다.

"쉴 시간은 없습니다, 유릭. 전략대로 황제와 맞닥뜨리려면 부지런히 움직여야 합니다. 계산해 보니까 일정이 빠듯해요. 우리의 움직임을 안다면 황제도 협공을 피하려고 도망갈 겁니다."

게오르크는 챙이 넓은 모자를 쓴 채로 말했다. 귀족들이나 쓸법한 고급모자였다. 깃털까지 곱게 꽂혀서 귀공자가 따로 없었다.

"넌 갈수록 옷이 화려해지는 것 같은데? 게오르크."

"언제 목이 달아날지 모르는데 즐길 수 있을 때 즐겨야죠. 이미 제 이름과 얼굴도 팔려서 죽든 살든 당신과 함께해야 합니다."

연맹군이 커지자 게오르크도 덩달아 유명인사가 되었다. 그는 뛰어난 지휘관은 아니었지만, 문명인 용병들을 설득하고 통제하는 데 능숙했다. 제국군 사이에서는 변절자 게오르크라는 별명으로 불리곤 했다.

"애초에 지킬 의리도 없었는데 변절자라고 말하는 것도 웃긴 일이죠."

변절자라는 별명을 들은 게오르크는 그렇게 반응했다.

유릭은 게오르크 옆으로 말을 붙이며 속삭였다.

"고트발을 잘 보호해 줘. 아무래도 요새 분위기가 심상치 않아."

"육손이 때문인가요?"

"육손이가 고트발을 미워해."

"고트발도 참 융통성이 없는 양반이군요. 좀 잠잠해질 때까지 기다리면 될 텐데……."

"육손이도 모략이 능해서 전사들에게 고트발의 보호를 맡기기가 껄끄러워. 네가 보호해라, 게오르크. 죽으면 네 책임이야."

게오르크가 한숨을 쉬며 손수건으로 땀을 닦았다.

"그거 아십니까, 유릭?"

"뭐? 싫다는 말은 받지 않아."

유릭이 미리 방어하며 손사래를 쳤다.

"요새 귀찮은 일만 생기면 저한테 다 맡기는 것 같더군요."

그 말을 들은 유릭이 수염 난 턱을 긁다가 웃었다. 어깨를 으쓱인 게오르크는 말머리를 틀어서 고트발 곁으로 갔다. 이러나저러나 게오르크에게도 고트발의 죽음은 찜찜한 일이었다. 고트발은 보호를 받을 가치가 있는 훌륭한 성직자였다.

유릭이 저 멀리 있는 육손이의 가마를 바라봤다. 육손이가 타고 있는 가마에서는 연기가 뿌옇게 올라왔다. 보나 마나 약에 취한 상태일 것이다.

"역시 무기는 제국강철제가 최고지."

연맹군의 야영지는 떠들썩했다. 강철무기를 얻은 전사들은 전리품을 과시하며 주변의 부러움을 샀다. 지난 전투의 승리로 많은 전리품을 얻었고, 전사들이 가장 좋아하는 전리품은

금은보화가 아니라 제국강철무기였다.

캉! 캉!

전사가 강철검으로 부족제 도끼날을 몇 번 후려쳤다. 부족제 철은 강철을 버티지 못하고 이가 금방 나갔다. 실전에서 부딪히면 부러지는 일도 적잖았다.

"이렇게 좋은 무기를 들고 있으면서도 우리한테 지다니 멍청한 놈들."

강철무기를 얻은 전사들이 으스댔다. 그들은 반짝이는 강철무기를 이리저리 휘둘렀다.

타닥, 타닥.

모닥불이 타오른다. 불씨가 펄럭이며 위로 솟아올랐다.

유릭은 나뭇가지로 모닥불을 뒤적였다. 그는 어둠을 응시했다.

'오늘은 아무것도 보이지 않는군.'

보이는 건 그저 어둠이었다. 유릭은 종종 신이라 불리는 존재를 본다. 신은 여러 형상으로 유릭의 앞에 나타났다가 사라졌다.

'내가 궁지에 빠져 간절히 무언가를 바랄 때 모습을 드러낸다.'

평소에는 보이지 않았다. 유릭은 피식 웃으면서 모닥불 위에 올린 고깃덩이를 바라봤다. 고깃기름이 떨어질 때마다 맛있는 연기가 피어올랐다.

"신의 은총이라……."

사람들은 유릭을 보곤 신의 축복을 받은 자라고 말했다. 유릭은 당연하다는 듯이 그런 말을 들으며 살아왔다.

'나는 신들의 축복과 인도를 받은 사람인가?'

스스로에게 물어봐도 답은 나오지 않았다.

"이건 내 운명인가?"

유릭이 손바닥을 펼쳤다. 대족장은 되고 싶었던 게 아니었다.

─너는 위대한 전사가 될 것이다.

노파는 그렇게 말했다. 유릭은 모두의 기대와 예언대로 위대한 전사가 되었다. 누구도 의심하지 않았고 당연하다 생각했다.

'오로지 나만을 제외하면…….'

눈을 감으면 종종 바다의 수평선이 보였다. 아직 가 보지 못하고 이야기로만 들은 남부의 사막이 아른거리기도 했다.

'새로운 사람과 아름다운 도시가 보고 싶어.'

마음이 가는 대로 행동할 수 없다. 하고 싶은 일만 하면서 살진 못한다.

대족장 유릭은 어른이었고, 자신의 행동과 삶에 책임을 져야 했다.

Chapter 8

　유릭과 바르카는 군대를 뒤에 두고 의자에 앉아 있었다. 저 멀리서 성문이 열리면서 영주가 걸어 나왔다.

　"항복하겠소."

　규모가 작은 영지는 포를카나연맹군이 오자마자 백기를 내걸었다. 그들은 제국군을 격파한 군대에게 대항하지 않았다.

　'무시무시한 야만인들.'

　연맹군에게 대항했다가 쑥대밭이 된 땅이 한 둘이 아니었다. 반면에 항복을 한다면 적은 피해로 끝났다. 그런 사례가 지금까지 있었기에 힘이 약한 영주들은 미리 항복을 하곤 금은보화가 담긴 궤짝을 바쳤다.

　"우린 그대의 영지를 약탈하지 않을 것입니다."

바르카가 그리 말하며 영주의 어깨에 손을 얹었다. 영주가 고개를 꾸벅 숙이며 수행원들에게 손짓을 했다.

촤르르르!

상자가 열리면서 보물들이 모습을 드러냈다. 금화와 은화가 한 가득이었다. 수십 년을 모은 재물이었다.

"오오, 이거 좋은걸?"

유릭도 눈을 빛내며 금화를 한 움큼 쥐었다. 돈이 있으면 용병들의 충성을 살 수 있었다. 전란의 시대가 되자 여기저기서 일어난 문명인 용병들은 연맹군을 찾아오기도 했었다.

서부의 약탈자가 용병들에게 막대한 돈을 지불한다는 소문은 이미 파다하게 퍼져 있었다. 많은 용병대가 연맹군 밑으로 붙었다. 약탈자들이 문명왕국 포를카나와 손을 잡았다는 소식에 마지막 두려움과 거부감마저 사라졌다.

"게오르크! 용병대의 임금을 지불해라."

유릭이 게오르크를 불렀다. 사방에서 환호성이 쏟아졌다.

약속대로 포를카나-연맹군은 도시를 침범하지 않았다. 약탈을 하지 않아도 군량이 아직 충분했으며, 도시에서는 고기와 술이 담긴 수레가 나왔다.

"확실히 우리한테 겁을 먹었군. 말도 안 했는데 이것저것 다 내놓는 거 봐."

"전부 뺏기는 것보다 이렇게 자진해서 바치는 게 낫다는 걸

놈들도 깨달은 거지."

전사들이 도시 앞에서 야영지를 펼치며 연회를 즐기다시피 했다. 그들은 자신의 힘과 공포에 굴복한 도시를 보며 만족했다.

영지민들은 약탈자들이 빨리 사라지기만을 바라며 루에게 기도했다.

"저놈들은 재앙이야, 재앙."

문명세계를 지킬 제국의 군대는 공백이었다. 지금 서부의 약탈자를 막을 군대는 그 어디에도 없었다. 왕국들은 군대를 소집했지만 약탈자를 막기는커녕 혼란을 이용할 생각만 가득했다.

"루여, 저들에게 벌을 내려주시옵소서. 저 못된 놈들이 우리의 아들딸을 데려가지 못하게 도와주십쇼."

성벽 위에서 사람들이 기도했다. 그들은 반짝이는 약탈자의 주둔지를 바라봤다.

밤새 소란스러운 연회가 끝났다. 아침이 돼서야 전사들은 비척거리며 일어나 행군을 준비했다.

"쿨럭, 쿨럭."

일어난 전사가 구역질을 하며 나무를 붙잡았다.

"고작 그 정도로 빌빌거리냐? 한심한 녀석."

다른 전사들이 구토하는 전사를 비웃었다.

"나, 뭔가 좀."

구토한 전사가 입을 크게 벌렸다. 그는 제대로 서 있지 못해 땅바닥에 기울어지듯 쓰러졌다.

"뭐 하는 거야? 제기랄! 주술사를 불러와!"

웃던 전사들도 황급히 쓰러진 전사를 부축했다.

"몸이 엄청 뜨겁잖아."

병에 걸리면 몸이 달아오른다. 전사는 주술사들이 모인 천막까지 뛰었다.

웅성, 웅성.

주술사의 거처는 북적거렸다. 이미 많은 사람이 모여 있었다. 병에 걸려 헐떡거리는 전사들이 근처에 쓰러져 있었다.

"독이다! 놈들이 독이 든 음식을 우리에게 넘긴 거야!"

"복수를!"

전사들이 벌써 무장을 하며 외쳤다. 그들은 병든 동료들을 보며 소리를 질러댔다.

연맹군 내에서는 고열로 쓰러진 전사들이 한둘이 아니었다. 그 숫자는 백여 명에 달했다.

"가만히 있어봐, 이 자식들아! 육손이! 진짜 독이냐?"

유럭이 전사들을 헤치며 주술사의 거처로 들어갔다.

치이익.

주술사의 천막에서는 연기가 짙게 흘러나왔다. 향을 어찌나 피워댔는지 머리가 울릴 정도였다. 그것을 주술사들은 병자를 치유하는 연기라고 했다.

"우우우웅음, 으으음."

육손이가 눈을 허옇게 뒤집으며 침음을 냈다. 그의 몸이 부들부들 떨리면서 뼈 장신구들이 들썩였다.

딸깍, 딸깍.

유릭은 다섯 걸음 떨어진 거리에 육손이가 의식을 끝내길 기다렸다.

"대족장 유릭……."

육손이가 땀에 젖은 얼굴로 유릭을 바라봤다. 시커먼 화장이 땀에 녹아서 주름진 피부가 드러났다.

"왜 전사들이 병들어 쓰러진 거지?"

유릭이 팔짱을 끼며 고개를 옆으로 기울였다.

"왜일 것 같습니까?"

"돌림병이라도 돈 건가? 아니면 전사들의 말처럼 저 도시의 놈들이 음식에 독을 타서 넘긴 건가?"

육손이가 눈을 가늘게 떴다.

"하늘이 내린 재앙입니다, 대족장. 저들의 신을 받아들인 게 문제입죠."

"헛소리 집어치워. 치료를 할 수 있겠나?"

"노력해 보겠습니다. 하지만 하늘의 분노가 우리를 내려친 거라면 피할 수 없겠죠."

육손이가 강하게 경고했다. 유릭은 짜증스레 천막 바깥으로 나갔다. 병든 전사들이 한곳에 모여 연기를 쐬고 있었다. 향로를 든 주술사들이 병자 사이를 오갔다.

"여기서 발이 묶였군."

유릭이 뒷머리를 긁적이며 포를카나 진영을 확인했다.

자초지종을 들은 바르카가 고개를 갸웃거리며 유릭에게 되물었다.

"우린 병자가 없어. 술에 독이 있었던 게 아니야?"

포를카나 군대의 병사들은 어젯밤 술을 마시지 않았다. 기껏해야 귀족과 기사들이 포를카나에서 가져온 술을 조금 마셨을 뿐이었다.

유릭은 다음으로 문명인 용병대를 확인했다. 게오르크도 다른 용병대장을 보고를 듣고는 어깨를 으쓱했다.

"술 마시고 내기하다가 손가락 잘린 놈은 있어도, 병든 놈은 없습니다."

"정말 우리만 병든 거라고? 도대체……."

포를카나와 문명인 용병대는 멀쩡했다. 병에 걸려 골골거리는 건 연맹군 전사밖에 없었다.

"유릭! 큰일 났습니다!:

고트발이 땀을 뻘뻘 흘리며 유릭을 찾아왔다. 한 팔이 없는 소매가 길게 펄럭였다.

"왜? 누가 공격이라도 해오는 거야?"

"그, 그게 아니라 올가가! 하악, 하악."

고트발은 어찌나 급했는지 주저앉으며 숨을 헐떡였다.

"천천히 말해."

"올가가 영주를 붙잡고 난동을 피우고 있습니다! 독을 푼 게 분명하다고 전사들을 이끌고 성문을 박차고 들어갔습니다."

"이놈이고 저놈이고 내 말은 더럽게 안 듣는군. 고트발, 너도 포함해서 말하는 거야!"

유릭이 짜증을 내며 말을 탔다. 그는 말을 몰아서 성문 앞까지 이동했다. 전사 수백여 명이 모여서 난동을 피우고 있었다.

도시의 병사들은 전투가 일어날까봐 두려워 아무런 조치도 취하지 못했다. 영주도 그저 입을 다물고는 벌벌 떨고 있었다.

'여기서 싸움이 일어나면 우리가 전멸한다. 놈들이 무슨 트집을 잡더라도 싸움은 피해야 돼.'

영주가 두려움에 찬 눈동자로 올가를 쳐다봤다. 올가의 옆에 있는 통역 담당이 제국어로 말했다.

"왜 독을 풀었지? 우린 죽일 셈이었냐?"

올가가 이를 드러내며 영주의 멱살을 잡았다.

"도, 독이라니! 그게 무슨 말입니까!"

"네놈들의 술과 음식을 먹고 형제들이 쓰러졌다."

통역이 올가의 말을 빠르게 옮겼다. 올가는 도끼날을 영주의 목까지 밀어붙였다.

"영주님이 위험하다!"

성벽의 병사들이 쇠뇌를 치켜들었다.

"그만, 그만! 공격을 하면 안 돼!"

영주가 황급히 손을 올려서 병사들을 제지했다. 싸움만은 피해야 했다.

"다시 묻지, 왜 독을 썼지? 같은 편인 제국군을 돕고 싶었던 건가?"

올가가 도끼날로 영주의 목덜미를 더 깊게 눌렀다.

따각, 따각.

멀리서 유릭이 말을 타고 달려왔다.

"올가, 거기서 뭐 하는 거냐?"

"정의."

올가가 짧게 말하곤 영주의 멱살을 질질 끌어 내던졌다.

"그건 정의가 아니지. 멍청아!"

유릭이 영주 앞에 서며 올가를 막았다.

"또…… 문명… 인의 편을 드는 건… 가?"

올가가 짜증을 내며 바닥에 침을 뱉었다.

"거, 헛소리 집어치워. 독이 든 음식을 우리에게 왜 주겠어? 진짜 독이 들었다면 이렇게 맥없이 우리한테 당하지도 않았겠지. 그저 병에 걸린 거다. 전사들을 데리고 돌아가! 내 명령 없이 멋대로 행동하지 마라. 눈을 감아주는 것도 한두 번이야."

유릭이 올가의 어깨를 치며 지나갔다. 그는 전사들에게 돌아가라고 손짓했다.

"대족장, 진짜 형제… 가 누구인지 잊… 지 마라."

올가가 그리 말하곤 야영지로 돌아갔다.

유릭은 쓰러진 영주를 부축해서 도시 안으로 돌려보냈다.

"고맙소."

영주가 성문으로 들어가며 유릭에게 감사의 인사를 했다. 소문이 자자한 유릭은 그도 알고 있었다. 약탈자들의 수장 유릭, 그 이름만 들어도 문명인들은 벌벌 떨었다.

'소문과는 다르군……. 무자비한 인간이라고 들었는데……'

직접 본 유릭은 사리분별이 뚜렷한 사내였다.

영주는 성벽 위에 서서 말을 타고 돌아가는 유릭을 바라봤다.

갑자기 연맹군을 휩쓴 병마 때문에 진군이 멈췄다. 처음에는 백여 명으로 시작한 환자도 이틀 만에 수백으로 불었다.

"병이 번지고 있어."

병에 걸린 자 대부분이 부족전사였다. 문명인이 앓아눕는 경우는 드물었다.

쉬이이이.

환자들이 모인 곳에서는 연기가 높게 피어올랐다. 구전으로 전해진 비법으로 만든 향이 환자들 사이를 맴돌았다.

"우웨에에엑!"

여기저기서 구토하는 전사들이 늘어만 갔다. 병자의 악취가 사방에서 풍겼다.

"이건……."

유릭이 기억을 더듬었다. 그도 문명세계에서 큰 병을 앓았던 적이 있었다.

가끔 야만인들이 문명세계에 오면 병을 앓곤 했다. 유릭조차 그 병을 앓고 죽을 뻔했었다.

"대족장, 하늘에 공물을 바쳐야 합니다."

두건으로 입을 막은 육손이가 말했다.

"마음대로 해."

"하늘의 도움을 바라야 하는 상황입니다, 대족장. 행실을 똑바로 하십쇼."

육손이가 서늘하게 경고했다. 유릭은 멀뚱히 육손이를 내려다봤다.

병의 기세는 수그러들지 않았다. 사흘째에서는 사망자가 속출했다. 사망까지 이르자 흉흉한 말들이 사방에서 쏟아졌다.

습한 여름인지라 시체는 빠르게 부패하여 악취를 풍겼다.

"유릭, 죽은 전사를 태워야 합니다. 죽은 자의 물건도 가져가지 못하게요."

고트발이 유릭을 찾아와서 외쳤다. 그도 그간 환자를 돌본다고 정신이 없었다.

"태워?"

"이건 전염병입니다. 이대로 시체를 그냥 놔두면 안 됩니다. 죽은 전사의 소지품을 가져가는 것도 막아야 해요."

유릭은 껄끄러운 표정으로 고트발을 바라봤다.

"정말로 태워야 돼?"

"안 그러면 병이 더 크게 번질 겁니다."

고트발은 단호했다. 태양교의 성직자들은 의술이 뛰어나다. 그들은 전염병에 대한 대처방법도 알고 있었다.

"이 정도 숫자의 군대는 전염병에 더 취약합니다. 무리를 지어 이곳저곳 다니는데 병에 걸리지 않는 게 이상하지요."

"우리 주술사들은 시체를 태우자고 말하면 길길이 날뛸걸? 여기 사람들의 장례풍습에 따른다고 나를 매도하겠지."

"유릭, 해야 하는 일입니다. 당신은 제 말이 사실이라는 걸 알지 않습니까."

유릭은 뺨을 긁적였다. 고트발이 거짓말을 할 리가 없다. 그는 태양교를 연맹군 내에 퍼뜨리고 싶어 하지만 목적을 위해 거짓말을 하지는 않는다.

'문제는 육손이로군.'

육손이에게 시체를 태우자고 말하면 반응이 뻔할 터다. 유릭은 발걸음을 돌려 육손이를 찾아갔다.

"미쳤군! 대족장! 저들의 풍습에 따라 우리의 전사를 보내잔 말입니까?"

예상대로 육손이가 펄쩍 뛰며 눈을 부릅떴다.

"병이 퍼지는 걸 막으려면 시체를 태워야 돼. 이런 병은 이곳 사람들이 더 잘 알아."

"저자의 말을 믿는단 말입니까? 내가 모를 줄 압니까? 저들은 시체를 태워 루에게 우리들의 영혼을 보내고 싶은 거요! 그 속셈이야 뻔하지! 대족장은 거기에 속아 넘어가는 겁니다!"

육손이가 지팡이를 들어서 고트발을 가리켰다.

"병이 퍼지는 걸 보고만 있자는 건가?"

유릭의 표정도 서서히 굳었다. 육손이는 움찔하면서도 기가 죽지 않았다.

"대족장께서 마음을 다잡으면 병도 사라질 겁니다. 하늘에 바칠 공물로 저자를 바치면 더욱 좋겠죠."

"병자의 치료는 네가 해야 할 일이다, 육손이. 책임이 있다면 네 무능함 탓이지."

육손이가 부들부들 떨었다.

"내가? 이건 대족장, 당신이 불러온 재앙입니다! 전사들을 대신해 하늘의 뜻을 받들어야 할 사람이 외도했기에 생긴 재앙이지요!"

대외적으로 육손이 유릭을 매도했다.

"말조심해라, 육손이."

"조심? 누가 당신의 형제인지 알아야 할 겁니다. 지금까지 당신과 도왔고 함께 싸운 사람이 누구입니까? 저자는 그저 당신의 귀에 달콤한 말을 속삭인 정도로 신뢰를 얻었지요."

"육손이, 지금 내가 너를 정당하게 대우하지 않았다는 건가?"

"저보다 저자를 가까이하는 게 문제라는 겁니다. 전사들이 수군거리고 있습니다. 제사장은 대족장의 신뢰를 얻지 못했고, 태양신을 모시는 사제가 대족장의 총애를 받고 있다고요."

육손이가 침이 나올 정도로 흥분해서 말했다.

"……그건 사과하지."

유릭도 육손이의 입장을 생각하지 못했었다.

'나도 어설프군.'

육손이 입장에서는 고트발이 충분히 미울 만도 했다.

"하지만 시체를 태워야 된다. 더 이상 병이 퍼지는 걸 볼 수만도 없어. 소지품까지 같이 태워라."

"우리 전사들의 영혼은 하늘로 올라가야 합니다! 육신이 땅에 온전히 스며들어야……!"

"우리가 산맥을 넘기 전까지, 너희 주술사들은 우리의 영혼이 산맥 너머로 간다고 말했지. 하지만 도대체 산맥 너머에 영혼이 있을 곳이 어디에 있단 말이지?"

"하늘을 모독하면 병이 사라지지 않을 거요!"

"하늘의 뜻을 받드는 대족장은 나다. 하늘의 이름을 빌려서 거짓을 고하는 건 네 특기가 아니던가? 육손이."

유릭은 단호했다. 병 때문에 더 발이 묶여선 안 된다. 해야 할 일은 해야 한다.

"카타기!"

유릭이 카타기와 전사들을 불렀다. 충실한 카타기는 육손이의 말에도 개의치 않았다. 그는 제사장의 신성보다 유릭의 신성을 믿었다.

"감히! 감히!"

육손이 날뛰면서 카타기를 막아섰다. 카타기가 육손이를 밀쳤다.

"지금까지 연맹에게 승리를 가져다준 건 대족장이오, 제사장 육손이."

카타기가 넘어진 육손이를 지나쳤다. 전사들은 구덩이를 파고 그 안에 시체를 던져서 모았다. 병자들의 소지품도 전부 구덩이로 들어가 쌓였다.

"불을 피워라."

유릭은 불꽃을 바라봤다. 수십여 구가 넘는 시체가 불꽃에 휘말렸다. 시체가 타는 냄새와 연기가 자욱하게 피어올랐다.

연맹군은 고트발의 지시에 따라 전염병에 대처했다. 병자를 격리하고 시체와 소지품은 태웠다. 연기가 끊이는 날이 없었다.

"재앙이로군."

카타기는 유릭의 명에 따라 시체들을 태웠다.

"쿨럭."

시체를 치우던 전사가 기침을 했다. 카타기가 인상을 찌푸렸다.

"너도 내일부터 천막에서 나오지 마라."

카타기는 병의 징후가 있는 전사들을 무조건 격리했다. 전염병은 옮는 병이다. 시체를 치우는 일을 하는 전사들이 가장 위험했다.

카타기는 솔선수범해서 시체들을 치웠다.

'내가 죽더라도 대족장은 병에 걸려선 안 돼.'

카타기는 시체들이 타는 것을 확인하곤 고개를 돌렸다.

"너는 저주를 받을 것이다! 카타기!"

육손이가 카타기를 향해 삿대질을 하며 저주의 말을 퍼부었다.

"나는 당신을 믿지 않소, 제사장. 그저 대족장을 믿을 뿐이지."

"그 대족장이 고트발이라는 사내에게 속고 있다. 진정으로 대족장을 생각한다면 고트발을 죽여야 해. 대족장은 동포인 우리보다 문명인과 더 가까워지고 있어. 그게 두렵지 않느냐!"

카타기가 헛웃음을 터트렸다. 그는 한참이나 웃더니 고개를 설레설레 저었다.

"제사장께서는 전쟁터에서도 뒤에만 있기 때문에 잘 모를 텐데……. 전장에서 대족장과 함께 싸워본 자들은 모두 알고 있소. 하늘의 가호를 받은 진정한 전사가 대족장이라는 걸 인정할 수밖에 없지."

"이, 이!"

육손이가 이를 바득바득 갈았다.

"승리 못 할 거라 생각했던 전투에서 이겨본 적이 있소, 제사장? 죽을 거라 생각했는데 살아본 경험이 있나 말이오! 나는 몇 번이나 있었소. 대족장이 몇 번이나 전투에서 승리해 우리를 구했지."

"대족장은 하늘의 뜻을 받들었으나 인간이다! 우리가 숭배해야 할 건 하늘과 위대한 영령들이지!"

"그쪽이나 실컷 숭배하시오. 나는 살아 있는 대족장을 숭배할 테니까."

카타기가 코웃음을 치며 육손이 옆을 지나쳤다. 다른 전사들도 낄낄 웃으며 카타기를 따라갔다.

자존심이 상한 육손이를 카타기의 등을 노려보며 온갖 저주를 퍼부었다.

"최후의 순간이 돼서야 네놈의 잘못을 깨달을 거다! 불손한 자여!"

카타기는 들은 척도 하지 않고 묵묵히 할 일을 했다.

일주일이 지났다. 고트발의 처방이 효과가 있었는지 병이 확산되는 속도가 현저히 줄었다. 하지만 언제까지 전염병 때문에 제자리에 머물 순 없었다.

"이제 움직인다. 시간을 너무 지체했어. 우리의 움직임이 황제의 귀에 들어가도 이상하지 않아."

바르카가 유릭에게 행군을 재촉했다. 유릭도 그 말에 납득은 했지만 개운하지가 않았다.

'아직 병든 자가 많이 있어. 내버려 두고 가야 하나……'

병력의 일부를 떼어놓고 온다 하더라도 그들이 멀쩡하게 서부로 돌아갈 수 있을지는 아무도 모른다.

"유릭, 여기서 망설인다면 난 너와 함께 행동할 수 없어. 내겐 너만큼이나 책임져야 할 사람들이 있다. 희생 없이 얻을 수 없는 건 없어. 너도 잘 알잖아."

바르카도 유릭의 고민을 읽었다는 듯이 말했다.

"입장이 바뀌었군. 네게 이런 조언을 받는 날이 올 줄이야."

유릭이 웃음을 흘리며 고개를 끄덕였다.

'알고 있어. 형제를 버리고 갈 수 없다는 건 그저 아집이지.'

세상은 잔혹하다. 희생과 대가 없이 거저 얻을 수 있는 건 몇 없다.

"준비해 둬. 출발한다."

유릭은 게오르크를 불러서 행군을 전파했다. 한자리에 오래 머물던 군대가 서서히 몸을 일으켰다. 포를카나-연맹군이 분주하게 준비하는 게 도시의 성벽에서도 보였다.

"드, 드디어 간다! 놈들이 간다! 유릭과 야만인들이 간다고!"

성벽의 병사들이 환호성을 내질렀다. 그들은 그간 마음고생이 심해 제대로 먹지도 마시지도 못했다. 언제 야만인들의 마음이 바뀌어 도시를 습격할지 모르는 상황이었다.

"야만인이 간다!"

"그 무시무시한 유릭이 떠난다!"

길거리에서는 아이들이 뛰어다니며 외쳤다. 그 소식을 들은 사람들이 안도하며 눈물을 흘렸다.

"그 빌어먹을 놈들이 가는군. 루여! 놈들에게 벌을 내려주소서."

"이미 벌을 내렸지 않아? 돌림병에 걸려서 골골거린다는데?"

"분명 루께서 분노하신 게 틀림없어. 얼마 가지 못하고 병으로 전멸하겠지! 빌어먹을 야만인들!"

"루께서 우릴 지켜주신다! 태양 만세!"

"야만인 유릭에게 천벌을 내려주소서!"

유릭을 저주하는 말이 도시 곳곳에 맴돌았다.

비록 도시는 빈털터리나 다름없는 신세였으나, 황폐화된 도시들보다야 사정이 나았다. 마르가뉴나 랑케가트처럼 생활 기반조차 남지 않은 곳들도 있었다.

"재산이야 다시 모으면 되오! 중요한 건 사람과 도시지."

영주도 포를카나-연맹군이 떠난다는 말을 듣고 안도했다. 그는 도시 사람들의 존경을 얻었다. 그도 그럴 것이 순순히 도시를 살리기 위해 대를 걸쳐 모은 재물을 내놓았다. 곳간이 텅 빈 것 말고는 실질적인 도시의 피해는 거의 없다시피 했다.

하지만 영주도 사람인지라 금은보화들이 눈앞에 아른거렸다. 성벽을 끼고 한 번이라도 저항을 해보면 어땠을까 하는 후회도 들었다.

"이러면 된 거요?"

영주가 뒤에 서 있는 사내에게 말을 던졌다. 두건을 깊게 눌러쓴 사내를 고개를 끄덕였다.

"훌륭합니다, 영주님. 욕망은 무의미합니다. 현세의 삶을 고통스럽게 만드는 게 바로 그 욕망입니다."

"고통이 끝나는 날만을 기다리고 있소."

"서부의 약탈자들은 타락한 세상에 뒤엎을 재앙입니다. 재앙이 커질수록 구원을 향한 갈망은 커지겠죠. 태양신에겐 고통스러운 현세를 뒤바꿀 힘이 없습니다. 태양은 그저 고통받는 자들을 방관할 뿐이죠."

두건 사내가 거침없이 말했다. 자칫하면 이교나 사교로 몰릴지도 모르는 발언이었다.

영주는 고개만을 가볍게 끄덕였다. 삶의 고통으로 찌든 얼굴에는 주름이 자글자글했다.

유릭은 멀리서 병든 전사들을 바라봤다. 그들은 원정에 따라오지 못한다.

"얼추 오백여 명입니다."

게오르크가 빠지는 병력을 계산하곤 말했다

"운이 좋다면 저들도 무사히 돌아갈 수 있겠지."

전염병은 강렬했다. 사흘을 앓고 일어서는 전사도 있었지만, 그대로 시름시름 앓다가 죽는 이들도 많았다. 어찌 됐건 병자를 끌고 계속 갈 순 없었다.

유릭의 처우에 반발하는 전사는 없었다. 약해지면 버리고 간다. 부족사회에서는 흔한 일이었다. 상황이 여의치 않으면 노인과 불구자부터 알아서 부족을 떠났다.

떠날 준비를 마친 카타기가 유릭에게 보고를 했다. 보고를 마친 카타기가 몇 마디를 덧붙였다.

"유릭, 육손이의 동태를 잘 살펴야 합니다. 대족장에 대한 반감을 퍼뜨리고 있습니다."

"그냥 죽여 버릴까?"

유릭이 낄낄 웃으면서 말했다.

"그랬다간 난리가 날 겁니다. 어쨌거나 연맹의 제사장이니까요."

카타기도 어깨를 으쓱했다. 유릭에겐 사미칸만큼의 장악력이 없다.

'사미칸처럼 다른 주술사를 내세워서 육손이를 바꿔치긴 힘들어.'

사미칸은 연맹의 주요인물을 줄줄 꿰고 있었으며, 그들 간의 갈등과 인맥도 파악하고 있었다. 교묘하게 사람들을 이용해 자신의 뜻대로 연맹을 이끌었다.

연맹을 이끄는 건 보통 수완으로 할 만한 일이 아니었다. 문명세계로 따지면 왕이나 다름없었다. 수가 틀리면 대족장에게 등을 돌릴 자들이 한둘이 아니었다.

유릭이 대족장으로 군림하는 까닭은 전사로서 쌓은 명성 덕분이었다. 그를 흠모하는 전사들이 유릭의 지지 세력이었다.

'나는 사미칸과 달라. 사미칸은 전투에서 패해도 대족장의 위치를 지켰지만, 나는 한 번만 패배해도 대족장의 위치가 흔들릴 거야.'

유릭은 고개를 좌우로 가볍게 흔들며 연맹군 진영을 바라봤다.

"대족장! 누가 찾아왔습니다."

유릭이 눈을 뒤로 흘겼다. 두건을 쓴 사내가 전사들에게 둘러싸인 채로 서 있었다.

"얼굴을 보여라."

카타기가 유릭을 대신해 말했다. 사내가 두건을 뒤로 젖혔다.

"약탈자의 수장 유릭을 보러 왔습니다."

사내는 두려움 하나 없이 말했다. 몹시도 차분한 목소리는 어쩐지 설득력이 있었다.

"남부인이로군."

유릭은 사내의 얼굴을 보며 피식 웃었다. 뺨의 문신이 얼룩덜룩한 남부인이었다. 피부는 살짝 그을린 듯한 갈색이다. 문신은 어디에나 조금씩 있는 문화였지만, 특히나 남부인들이 즐겼다.

"난 사람 얼굴을 잘 기억하는 편인데, 분명 우린 초면이로군."

유릭이 사내의 대답을 기다렸다.

"제 이름은 조야입니다. 초면이지만 당신의 이름과 활약은 몇 번이고 들었습니다. 우리에게 대단히 중요한 사람이었지요."

조야라고 이름을 밝힌 사내는 부드러운 인상이었다. 나이도 젊었으나 어딘지 모르게 완숙한 분위기였다. 사람을 이끄는 매력이 있었다.

'사제 혹은 주술사로군.'

유릭은 저런 분위기의 부류들을 잘 안다. 사람을 유혹하는 신비로운 분위기. 종교를 퍼뜨리는 자들이다.

"그래, 조야. 내게 무슨 용무지? 내게 한 번만 의미 없는 질문을 던지게 한다면 그 혓바닥을 뽑아버릴 거다."

조야가 처음으로 움찔했다. 그는 잠시 머뭇거리다가 품 안에서 천주머니를 꺼냈다.

"저는 트리키의 제자입니다. 당신의 군대가 병마에 시달리고 있다는 소문을 듣고 왔습니다."

"트리키? 그 양반이 아직도 살아 있었나?"

"지금은 남부로 가셨습니다. 문명세계 곳곳에 저와 같은 제자들을 뿌려두셨죠. 이미 당신이 생각하는 것 이상으로 교세가 넓어졌습니다."

유릭과 조야의 대화는 다른 사람들이 이해하지 못했다.

"하하, 질기게 살아 있었군. 소문이 없기에 다 죽은 줄 알았지."

"곧 소문이 돌 겁니다. 머지않아서요."

조야가 의미심장하게 말했다. 그는 천주머니를 펼치며 조그마한 환약 여러 개를 꺼냈다.

"그건?"

"이걸 물에 풀어서 병자들에게 나눠 마시게 하시지요. 열병에 효과가 좋을 겁니다."

조야의 말에 유릭의 측근들이 웅성거렸다.

"조심하십쇼, 대족장. 독일 수도 있습니다."

"독은 아닐 거야. 트리키라는 이름이 나올 정도면…… 제국
의 적이거든."

유릭은 카타기를 시켜서 환약 주머니를 받게 했다.

"가서 이자의 말대로 전사들에게 약을 먹여. 이봐, 다 낫는
데 얼마가 걸리지?"

"하루에서 이틀 정도입니다."

"거동은 하루면 가능하겠군."

유릭은 조야의 환약을 받아들였다. 그 소식에 육손이는 물
론이고 고트발까지 이맛살을 찌푸렸다.

"대족장! 정체도 알 수 없는 자에게 약을 받아 전사들에게
먹였다는 게 사실입니까!"

육손이가 씩씩거리며 유릭을 찾아왔다. 유릭은 조야와 이
야기를 하다가 육손이를 바라보며 웃었다.

"걱정 마. 그게 독이면 이자의 목을 베서 공물로 바치자고."

"그게 말이라고!"

"경박한 입을 다물어라, 육손이. 네가 낫게 하지 못한 병을
내가 낫게 한다면 전사들의 반응이 어떨까? 무능한 제사장이
라고 다들 비웃겠지."

육손이가 눈을 부라리더니 바깥으로 뛰쳐나갔다.

"으, 으으으."

육손이가 이를 갈며 신음했다. 제사장이 활약할 기회였지만 별다른 소득을 보지 못했다.

유릭의 주변은 거대한 혼돈이었다. 한 치 앞도 보기 힘들었다. 문명인을 비롯해 다양한 사람들이 그 옆에 서 있었다. 다른 사고방식과 문화를 가지고 살아온 자들이 유릭의 옆에서 온갖 말을 지껄였다.

"또, 또 저놈은 뭐란 말인가!"

육손이가 자신의 천막에 들어가자마자 지팡이를 내동댕이쳤다.

조야의 등장으로 연맹군의 진군은 하루 미뤄졌다. 환약을 푼 물을 마신 전사들이 곳곳에서 기침을 하다가 잠들었다.

"유릭, 저 사내는 사교도입니다."

고트발이 드물게 사람을 미워했다. 그는 조야를 가리키며 사교도라 칭했다.

사교도는 탄압받는 종교다. 이교는 그저 다를 뿐이라면 사교는 그 자체만으로도 해악이 되는 종교다. 뱀교가 사교도인 것도 그들이 사회에 숨어들어 온갖 해악을 끼치기 때문이었다. 제국은 오래전부터 문명사회에 숨어든 뱀교를 박멸하기 위해 많은 노력을 기울였다.

"진정해, 고트발. 유식한 단어를 쓰자면 분파가 달라."

"그래봐야 뱀교지요. 아이를 납치해 잡아먹는 사교도."

유아납치와 식인행위. 뱀교가 유달리 미움받는 이유였다.

"나도 아이를 잡아먹는 괴물로 소문이 나 있어."

"그건 거짓 소문일 뿐이죠. 하지만 뱀교는 실제로 그런 일을 저질렀습니다."

조야는 얌전히 고트발의 평가를 들었다.

"진정해. 조야는 약을 가져왔어. 내 손님이기도 하지."

고트발이 떨떠름한 얼굴로 서 있었다.

'유릭이 사교와 관련이 있었을 줄이야…….'

고트발도 이건 예상하지 못했다. 북부의 울가로나 서부의 하늘신앙은 야만적일 뿐이지 사악하진 않았다.

'하지만 뱀교는 달라. 음험하기 짝이 없는 사교다. 모든 세상에서 배척받는 지하의 종교지.'

고트발조차 뱀교만큼은 인정하기 힘들었다.

"인사해. 이쪽은 태양사제 고트발, 여긴 뱀교의 조야다."

유릭이 재미있다는 듯이 히히덕거렸다.

조야도 고트발을 물끄러미 바라보다가 고개를 끄덕였다. 그의 입장에서 태양교는 타파해야 할 구시대의 종교였다.

'태양교야말로 세상을 더 지옥같이 만드는 원흉.'

조야는 그 말을 바깥으로 내뱉진 않았다. 태양교는 세상의 변화를 가져오지 않는다. 그저 고통스러운 세상을 유지시키는

데 급급한 무리들이다.

말은 하지 않아도 서로를 향한 불편함이 드러났다.

"저자가 가져온 약을 믿는 겁니까?"

"너한테 들은 전염병 대책을 실행할 때 육손이도 똑같은 말을 했지. '문명인의 말을 믿는 겁니까?' 하면서 내게 화를 냈어."

고트발은 할 말이 없었다.

두 사람을 보던 조야가 입을 열었다.

"저는 오래 있진 않을 겁니다, 태양사제 고트발. 약효가 있는 것만 확인할 뿐입니다."

"약을 쓸 줄 아는 걸 보니 뱀교의 주술사로군요."

"뱀교의 사제라고 해주시죠. 교단의 이름도 바꿀까 생각 중입니다. 뱀교라는 이름 자체가 부정적인 느낌이 강해서요."

조야가 차분히 말했지만, 고트발은 약이 올랐다.

뱀교가 문명사회에 끼친 악행은 대단했다. 뱀교의 잔당들이 이끄는 도적이 들끓었고, 도시의 지하에서는 뱀교의 주술사들이 온갖 약물을 팔아댔다.

유릭은 흥미진진한 얼굴로 두 사람을 번갈아 봤다. 유릭은 의도적으로 고트발을 불러서 조야와 대면하게 했다.

'자비와 사랑을 외치는 고트발이 뱀교 앞에서도 그럴 수 있을지 궁금했지.'

고트발은 욕설이나 이유 없는 분노를 내뱉진 않았다. 하지만 불편함과 적의는 숨기지 못했다.

"우리가 죽으면 다음 세상으로 간다는 게 뱀교의 사후세계였나?"

유릭이 은근슬쩍 운을 뗐다.

"다음 세상 같은 건 없습니다. 윤회와 태양은 증명할 수 있지만, 다음 세상은 존재하지도 않습니다."

고트발이 빠르게 대답했다. 조야가 발끈하며 차갑게 대꾸했다.

"태양신 루가 지상의 인간을 사랑한다면 어째서 사람들은 고통을 받고 사는 겁니까? 태양사제 고트발."

"그분의 뜻을 우리의 기준으로 생각해선 안 됩니다."

"댁들에게 현세의 고통에 대해 물으면 항상 그 말만을 반복하죠. 지금 세상은 절망과 고통뿐입니다. 만약 제가 이 세상에서 다시 태어나야 한다면 차라리 영원한 소멸을 택할 겁니다."

"소멸은 없습니다. 태양의 반대편에 선 그림자가 될 뿐. 악령이 되어 지상을 떠도는 그림자 말입니다. 울가로처럼요."

"당신은 이해하지 못할 겁니다. 맹목적으로 태양을 추종하는 당신은 다음 단계로 넘어가지 못하고 영영 지금 세상에 갇힐 뿐이죠."

유릭은 의자에 등을 기대곤 말다툼을 바라봤다.

"그래서 아이를 납치해 잡아먹는 겁니까?"

"그건 과거의 일입니다. 우리와 크게 연관도 없는 일이지요."

"과거라도 했던 것은 사실일 겁니다. 그 죄악이 있는 한 당신들은 결코 다른 자들의 이해를 받지 못할 겁니다."

고트발은 그렇게 말하곤 자리를 박차고 나갔다. 조야는 물잔을 들어서 칼칼해진 목을 축였다.

"재미있으셨습니까? 유릭."

조야가 그렇게 물었다.

"나름대로."

유릭은 이름 모를 붉은 과일을 씹어 먹으며 웃었다. 붉은 즙이 입가에 묻었다.

"교단에서는 당신의 등장은 단순한 우연으로 보지 않습니다. 방주님은 이 세상이 머지않아 끝날 거라 말씀하셨습니다. 그 전조가 당신이지요, 유릭."

"전조?"

"종말의 짐승, 세상을 파괴할 재앙. 다음 세계로 나아갈 자를 선별하기 위한 단계."

"그거 참…… 거창하군."

"당신이 이런 대군을 이끌고 세상을 휩쓰는 게 우연이라고 생각하십니까? 이건 세계의 의지입니다."

조야의 눈이 반짝였다. 부드러운 미소에서는 믿음이 가득 차올랐다.

유릭은 조야를 손님으로 대접하고 따로 잠자리를 마련해 줬다. 숨 가쁜 하루가 지나고 유릭은 잠자리에 누웠다.

"종말의 짐승? 세계의 의지? 웃기지도 않는군."

유릭은 코웃음을 쳤다.

'모든 건 내 선택이다.'

사제나 주술사들의 의미심장한 말 따윈 질렸다. 그들은 인간의 의지를 믿지 않는다. 초월적인 존재 앞에 인간은 아무것도 아니라는 듯이 말했다.

쉬이이익, 쉭, 쉭.

그날 밤 유릭은 비몽사몽하며 뱀 소리를 들었다. 뱀교의 이야기 때문인지 뱀에게 물릴 뻔한 날의 기억이 떠올랐다. 꿈에서는 고트발이 막아주지 않아 목덜미를 물렸다.

뱀의 동공이 유릭을 바라본다. 갈라진 혓바닥이 유릭의 귀를 핥았다. 뱀이 유릭의 귓구멍을 열어젖히며 머릿속을 파고들려고 했다.

"제기랄!"

유릭이 욕설을 하며 상체를 일으켜 세웠다. 목덜미가 지끈거렸다. 매만져 보니 뱀에 물린 상처는 없었다.

"염병할 꿈이었어. 음?"

찬물로 세수를 한 유릭은 천막의 바닥을 바라봤다. 유릭이 손으로 투명하고 길쭉한 무언가를 들어 올렸다.

'뱀의 허물.'

뱀의 허물이 유릭의 천막 안에 있었다. 유릭은 섬뜩해서 천막 여기저기를 살폈지만 뱀의 흔적은 없었다.

"……조야를 찾아와라."

바깥으로 나간 유릭이 전사들에게 명했다. 하지만 조야는 이미 사라지고 없었다. 어떻게 전사들의 감시를 벗어났는지 몰라도 감쪽같이 사라졌다.

유릭의 불안과 달리 병에 걸렸던 전사들은 하룻밤 만에 호전되었다. 가벼운 몸살만 있을 뿐이지 움직이는 게 가능했다.

유릭은 한참이나 멍하니 서 있었다.

"사교도에게 홀린 얼굴이군요, 유릭."

고트발이 지나가며 말했다. 그는 유릭을 위해 낮게 기도했다.

Chapter 9

　약탈자들이 짓밟고 간 마을이 있었다. 크게 보자면 아무것도 아닌 일이었다. 누구도 그 마을의 종말을 중요하게 여기지 않았다.

　국가와 도시가 멸망하는 시대에 작은 농가 따위가 불타오른다고 누가 관심을 가질까? 짐승가죽을 두르고 도끼를 휘두르는 약탈자들은 그 대단한 제국군조차 격파했다.

　소녀는 불타오른 집을 바라봤다. 그녀의 아버지는 쇠스랑을 들고 야만인들에게 대항하다가 산 채로 벽에 꿰여 불탔다. 아비는 끔찍한 비명을 질렀고, 헛간에서는 어미가 야만인들에게 겁탈당했다.

　"루여!"

누군가가 신의 이름을 부르짖었다. 대답은 없었다.

'어째서, 어째서.'

소녀는 지저분한 나무통에 숨어서 파들파들 떨었다.

"제발, 제발, 제발."

루에게 이 지옥 같은 순간을 끝내달라고 몇 번이고 기도했다.

철컥, 철컥.

금속의 발걸음이 들린다.

소녀의 숨이 거칠어졌고, 헐떡임이 멈추지 않았다.

'이대로는 들켜.'

알면서도 숨소리는 더욱 커졌다. 심장이 바깥으로 튀어나오는 듯했다.

삐거억.

누군가가 나무통 뚜껑을 열었다. 소녀는 눈을 동그랗게 뜨고 위를 쳐다봤다. 불타오르는 마을을 등지고 있어서 얼굴이 잘 보이지 않았으나, 덩치로 보나 냄새로 보나 야만인인 게 틀림없었다.

'난 끝장이야.'

끔찍한 미래가 보였다. 소녀는 절망했다.

"……소리를 죽이지 못할 것 같으면 손등이라도 물어서 숨을 죽여라."

야만인 사내가 그렇게 말하곤 나무통을 닫았다.

"끄읍, 읍."

소녀는 사내의 조언대로 손등을 물었다. 그런데도 나무통이 미미하게 떨렸다. 자꾸만 들썩이는 숨이 원망스러웠다.

약탈의 밤이 지나갔다. 소녀는 야만인에게 들키지 않고 밤을 보냈다. 고요한 아침의 공기가 서늘하게 스쳐 갔다.

삐걱.

소녀가 뚜껑을 열곤 나무통에서 나왔다.

"루여……."

소녀는 태양 목걸이를 매만지며 그 말만을 읊조렸다. 그녀는 내년 봄에 이웃 대장간의 아들에게 시집을 갈 예정이었다.

황량한 폐허에서는 잔불만이 피어올랐다. 소녀는 그 사이를 걸었다. 폐허와 대조적으로 성적으로 여물기 시작한 소녀의 육체는 빛이 나듯 아름다웠다.

"아빠."

어젯밤 너무 울어서인지 눈물조차 더 나오지 않았다. 그녀는 반쯤 무너진 집을 바라봤다. 소녀의 아비는 팔다리가 벽에 박힌 채로 불타 죽었다.

헛간에 들어간 소녀는 그대로 구역질을 하며 쓰러졌다. 갈기갈기 찢긴 시체가 있었다. 헛간의 뒤편에 장식처럼 걸린 머리통을 보고 나서야 그게 엄마라는 걸 알았다.

"끄으윽, 끅."

메마른 울음이 나왔다.

"……차라리 저도 데려가셨어야죠."

소녀가 떠오르는 태양을 보며 원망하듯 말했다.

성인도 되지 못한 소녀가 부모를 잃었다. 그녀는 자신이 살아남기 힘들다는 걸 알았다. 모든 게 타버린 이곳에서 아무런 희망도 찾을 수 없었다. 야만인들이 몽땅 쓸어간 농가에는 아무것도 남지 않았다. 살아갈 기력조차 잃은 소녀는 새카맣게 타버린 침대 위에서 멍하니 야만인이 사라진 방향을 쳐다봤다. 무너진 벽은 바람을 막아주지 못했고, 밤이슬이 그녀의 몸을 적셨다. 며칠도 지나지 않아서 그녀는 죽을 듯이 쇠약해졌다.

"얘야."

소녀가 무거운 눈을 떴다. 오슬오슬 몸이 떨려서 꿈인지 현실인지 분간조차 되지 않았다.

"사제님?"

소녀의 눈에 가장 먼저 보이는 건 태양이 새겨진 겉옷이었다. 수염이 겨울눈처럼 사박사박한 태양사제가 소녀를 보고 있었다.

"오오, 루여……! 이 아이를 데려가지 않으셨군요. 감사합니다, 루여!"

순례 중이던 사제가 소녀를 거두었다. 그는 소녀를 만난 것을 루의 뜻이라 생각했다. 모든 걸 폐허로 만드는 야만인의 약탈에서 살아남은 소녀.

"야만인들이 우리의 땅을 침략하는데도 어째서 루께서는 우리를 도와주지 않는 거죠?"

사제를 따라 여행하던 소녀가 말했다. 그녀는 사제의 돌봄으로 많이 나아졌다. 메마른 몸에는 살이 붙었고, 눈동자에는 총기가 솟았다.

"누군가는 저들이 타락한 사람들을 벌하기 위한 루의 벌이라고 말하더구나."

"그럴 리가 없어요. 루께서 우리를……."

소녀가 중얼거리며 모닥불을 바라봤다.

"태양과 빛은 우리에게 희망과 삶을 주지만, 이 불처럼 너무나 가까이하면 오히려 다치는 법이지. 오만함은 큰 죄란다."

사제가 게슴츠레하게 눈을 뜨며 말했다.

정신적으로 회복한 소녀가 마을에서 겪었던 일을 천천히 말했다. 불타는 마을, 산 채로 불타 버린 아비, 야만인에게 능욕당한 뒤에 찢긴 어미. 말을 하는 소녀의 손이 발발 떨렸다.

"널 구해준 사내가 누군지 보았느냐?"

"얼굴이 보이지 않았어요. 그저 어떤 야만인이었다는 것만 기억나요."

"루께서 야만전사로 네 앞에 나타나신 거다. 그분께서 자비를 베푸신 거지."

"마을 사람들이 전부 죽게 내버려 뒀잖아요."

"시간이 지난다면 언젠가 너도 나도 루의 뜻을 알게 되겠지."

사제는 꽤나 규모가 큰 도시의 태양사원에 소녀를 맡겼다.

"사제님, 저도 같이……."

소녀는 떠나는 사제를 보며 울먹였다. 사제는 옅게 웃으며 고개를 저었다.

"원장님께서 네가 잘 살 수 있도록 적당한 자리를 알아봐 주실 거다. 루께서 구하신 목숨이다, 귀하게 여겨라."

도시인지라 사원의 규모는 컸다. 하루에도 오가는 신자의 숫자는 얼추 백여 명이 넘었다. 소녀는 사원에 지내기 애매한 나이였다. 때가 된 소녀의 몸은 젊은 사제들에게 무척이나 유혹적이었다.

"널 맡아줄 분을 찾았단다."

머리가 반쯤 벗겨진 원장이 그리 말하며 소녀를 불렀다. 소녀가 사원에 온 지 일주일도 되지 않았다.

원장과 소녀가 도착한 곳은 도시에서 꽤나 떨어진 농가였다. 이 사이가 시커먼 농부가 원장과 소녀를 보며 웃었다.

"이 아이입니까? 부모는요?"

"연고가 없는 아이네. 오늘부터 여기가 네 집이란다."

소녀가 움찔하며 농부와 원장을 바라봤다. 그들의 어깨 너머로 하늘이 보였다. 구름 한 조각이 태양을 가렸다.

"그럼 들어가시죠, 원장님."

농부가 헛간의 문을 열었다. 원장이 헛기침하며 소녀의 손을 잡았다.

불안해진 소녀가 원장의 손을 뿌리치려고 했다. 하지만 완강한 사내의 완력을 이기지 못했다.

"이 계집애가!"

원장이 소녀의 뺨을 치며 헛간 안으로 던지다시피 했다.

"너무 험하게 다루지 마십쇼, 나중에 제가 잘 교육시킬 테니까요. 그럼 좋은 시간 보내시길."

농부가 그 말을 하곤 헛간의 문을 밀었다.

끼익, 쿵.

문이 닫혔다. 어두워진 헛간에서는 욕정에 눈이 먼 사내만이 짙은 숨을 내뿜었다.

"아, 아아."

소녀는 흐릿한 눈으로 천장을 바라봤다. 몸만이 규칙적으로 흔들렸다. 가랑이는 불쾌하고 습했다.

'사제님이 말씀하신 게 이거였구나. 타락한 사람들⋯⋯.'

소녀의 입에서 헛웃음이 나왔다.

"너도 벌써부터 즐기는 거냐! 요망한 년! 성욕에 네가 타락하지 않도록 도와주고 있거늘! 죄를 두려워하기는커녕 웃음을 흘리는구나!"

원장이 소녀의 목을 조르며 자신의 뒤틀린 성벽을 쏟아냈다.

"성을 즐기는 건 죄악이다! 욕망의 무서움을 알지어다! 두려워해라! 두려워해라!"

세상은 타락했다. 가장 고귀해야 할 성직자조차 육욕에 눈이 멀어 약자에게 폭력을 휘둘렀다.

'루께서 천벌을 내리신 것도 당연해.'

소녀가 헛간의 천장을 바라봤다. 비가 샐 듯이 구멍이 뚫린 지붕이었다. 태양을 가린 구름이 걷히면서 빛 한 조각이 새어 들어왔다.

'빛?'

빛이 건초 더미를 비춘다. 무언가가 반짝였다. 소녀는 이게 단순히 우연이라고 생각하지 않았다.

'루여, 저를 구하시는 건가요?'

뾰족한 금속이 소녀의 손을 기다리고 있었다. 증오나 분노가 느껴지지 않았다. 그저 사명감과 종교적 경건함이 가슴에 스며들었다.

"이게 당신의 뜻이라면……."

소녀가 중얼거렸다. 그녀가 건초더미를 향해 손을 뻗었다. 철로 된 말뚝 하나가 손아귀에 잡혔다.

푹!

말뚝이 원장의 목을 깊게 파고들었다.

"컥, 커억."

원장이 피를 왈칵 쏟아내며 그대로 쓰러졌다. 평생 노동을 하지 않은 추악한 몸뚱이가 출렁였다.

"모든 건 루의 뜻이야……."

소녀가 죽어가는 원장을 바라보며 말했다. 그녀가 말뚝을 더 세게 눌러 넣었다.

"끄으으윽."

원장이 경련하다가 쓰러졌다. 소녀는 원장의 뜬 눈을 쓸어내렸다.

펄럭.

소녀는 땅바닥에 떨어진 원장의 외투를 걸쳤다. 태양 장식이 새겨진 외투는 몸에 맞지 않아 땅에 질질 끌렸다. 그녀는 말뚝을 쥔 채로 헛간 밖으로 나갔다.

"어, 어, 어어어?"

장작을 패던 농부가 당황하며 소녀를 바라봤다. 그는 어찌해야 할지 몰랐다.

'원장이 당했어?'

태양사원의 원장이 헛간에서 죽었다. 이를 어찌 설명해야 한단 말인가? 영주와 경비대가 알게 되면 농부를 추궁할 게 틀림없었다.

"나귀 한 마리와 일주일 분의 식량을 가져오세요."

소녀가 어깨를 펴며 당당하게 말했다. 워낙 당돌한 말인지라 농부는 어리둥절한 표정으로 소녀를 바라봤다.

"너, 너 이년이!"

농부가 도끼를 들곤 성큼성큼 다가갔다.

"헛간에 있는 시체를 묻고 루에게 기도하세요. 오늘의 죄를 고백하면 용서를 받을 겁니다."

소녀의 동공은 기이했다. 초점이 흐려서 눈앞의 사람을 보고 있는 것 같지 않았다.

"네년이 뭔데 용서하고 말고야! 당장 헛간으로 들어가! 망할 년! 노예로 팔아주지!"

농부가 다시 한번 윽박질렀다.

"후회할 겁니다."

소녀는 조용히 눈을 감고 기도했다. 농부가 가까이 다가왔다.

피슝!

농부의 가슴팍에 화살이 튀어나왔다. 뜨거운 핏물이 소녀의 얼굴에 튀었다.

"어, 꺼억, 끄윽."

농부가 뒤를 돌아보더니 절망했다. 어느새 영주의 병사가 수어 명 오고 있었다.

'멍청한 원장, 결국 들킨 거로군.'

원장은 부를 쌓기 위해 성직자의 탈을 쓰고 온갖 부정한 짓을 저질렀다.

농부는 앞으로 쓰러지면서 눈동자를 돌려 태양을 바라봤다.

"루여…… 저를 용서하시고 제 영혼을 데려가 주소서."

농부가 숨을 헐떡이며 중얼거렸다.

소녀는 눈을 떴다. 그녀의 눈은 현실을 보지 않는 듯했다. 항상 머나먼 곳을 응시하듯 초점이 흐리멍덩했다.

"제 기도를 들어주셔서 감사합니다."

소녀가 깍지 낀 손을 내리며 농부를 바라봤다.

'정말로 저 소녀의 기도에 응답한 건가? 루께서?'

농부가 믿기 힘들다는 표정으로 소녀를 올려다봤다.

병사들은 농가를 뒤지더니 원장의 시체를 발견하곤 소녀를 추궁했다.

"네 이름은 무엇이더냐!"

경비대장이 말고삐를 힘껏 잡아당기며 외쳤다.

소녀는 무엇에 홀린 듯이 두려움도 없이 대답했다.

"바샤입니다."

바샤는 영주의 앞까지 끌려가다시피 했다.

도시의 영주는 호시탐탐 원장을 노리고 있었다. 원장은 부정한 수단으로 재물을 갈취하고 때론 범죄까지 저질렀다. 영주는 현장을 급습해 체포하려 했으나, 이미 원장은 소녀에게 죽은 뒤였다.

"루께서 저를 구하신 겁니다. 타락한 사람들의 손에 제가 죽지 않길 바란 거죠."

소녀 바샤가 중얼거렸다. 그녀는 원장의 태양 외투를 입고 옅게 웃고 있었다. 어쩐지 섬뜩하면서도 경건했다.

'도대체 이 소녀는……'

영주는 쉽사리 바샤를 처우를 결정하지 못했다. 그녀의 사연을 들어보니 보통 기이한 게 아니었다.

'야만인의 약탈에서도 살아남았고, 태양사제의 도움을 받았으나 타락한 사제에게……'

영주가 고민했다. 바샤는 따스하게 데운 꿀물을 마시며 영주를 바라봤다.

"빛이 내려왔습니다. 제게 신벌을 대신하라는 듯이 헛간에 빛이 내려왔지요. 손을 가져가니 말뚝 하나가 있었습니다."

증거물로 말뚝이 있었다. 타락한 원장의 피가 묻어 있다.

저 소녀는 원장의 겁탈과 폭력으로부터 스스로를 구했다. 루의 도움 없이는 불가능한 일이었다.

'꺼림칙하군.'

어쨌든 원장을 죽인 범인이다. 하지만 그녀를 벌하자니 내키지 않았다.

"제 이야기를 증명할 서신을 한 장 써주시면 떠나겠습니다.

나귀와 여윳돈도요."

영주는 턱을 괴며 신음하더니 고개를 끄덕였다.

"어디로 갈 생각이더냐?"

"하멜, 그곳에 제가 해야 할 일이 있을 겁니다."

영주는 껄끄러운 표정으로 서신을 작성했다. 그는 소녀를 종교적으로 추앙하진 않았다. 그저 기이한 일이 있었다는 정도로 내용을 적었다.

'힘든 일을 연거푸 겪어서 미쳐 버렸거나……. 아니면 진짜 루의 은총을 받고 있는 거겠지.'

북부전선에서는 제국군이 공세를 준비하고 있었다. 아무리 북부라도 여름은 온난했다. 제국군이 싸우기에 더 유리한 기후였다. 조립을 끝낸 제국군의 이동형 공성탑이 진영 사이사이에 끼어 있었다.

"기스킨 왕국과 협상은 끝냈습니다. 곧 카셀마로니의 군대도 후퇴할 겁니다."

외교사절로 다녀온 관료가 그리 말했다. 제국은 기스킨 왕국의 옛 영토를 돌려주기로 했다. 대신에 기스킨 왕국은 카셀마로니를 공격할 터다.

'기스킨 왕국 입장에서도 나쁘지 않지. 옛 영토를 수복한 데 다가 카셀마로니의 땅까지 빼앗으면 단숨에 강국이 될 터다.'

기스킨 왕국이 계획대로 덩치를 불려간다면 제국조차 함부로 대하지 못한다. 기스킨 왕국도 그걸 알기에 제국의 요청을 수락한 셈이다.

얀키누스는 입맛이 썼지만 한편으로는 안심했다. 급한 불을 하나씩 끄고 있었다.

제국의 정찰병들은 카셀마로니 군대의 움직임을 주시하고 있다. 그들이 기스킨 군대를 막으러 간다면 제국군은 일제히 북진할 것이다.

"소년왕 빌케르……."

소년왕이라는 별명이 어느새 널리 퍼졌다.

미요른의 후손이면서 나이도 어렸다. 북부전사들은 빌케르와 함께 싸우면 사기가 엄청났다. 미요른의 어린 후예조차 앞장서서 싸우는데 머뭇거리는 북부인은 없었다.

반면에 제국군의 사기는 위태로웠다. 황제의 참전에 사기를 얻은 것도 잠깐이었다. 전선의 교착상태가 길어지자 제국군 내부에서는 이런저런 말이 많았다.

'특히 카르니우스의 대패 소식에 처참한 상황이지. 탈영이 없는 게 다행일 정도다.'

동남쪽에서는 약탈자 군대가 포를카나와 함께 올라오고 있었다.

'다른 왕국의 지원이 더 필요해. 기스킨 왕국 말고도 왕국 둘 정도가 우릴 도우면 상황이 훨씬 좋아질 거야.'

얀키누스는 어떻게 왕국들을 꾀어낼지 생각했다. 왕국들도 모두 한 마음은 아니었다. 오히려 이웃한 왕국끼리는 카셀마로니와 기스킨처럼 철천지원수이기도 했다.

'어떻게든 외교관계를 잘 끌어내서 우군을 만들어야 돼.'

속국유지를 포기한다면 외교적 가능성은 상당히 열려 있었다.

톡, 톡, 톡.

얀키누스는 책상을 두드리며 지도를 바라봤다. 그의 머릿속에서 온갖 생각이 오갔다.

"폐하, 찾아온 자가 있습니다."

지금쯤 귀에 들어올 소식이라면 대개 안 좋은 일일 터다. 얀키누스는 인상을 찌푸렸다.

바깥에서 시끄러운 소리가 났다. 평범한 사절이나 전령이었다면 저런 반응은 없을 터다.

따각, 따각.

나귀를 탄 소녀가 제국군 주둔지를 가로질렀다. 그녀는 지저분한 태양 외투를 입고 있었다. 외투의 밑자락은 나귀의 엉덩이까지 닿았다. 꾀죄죄한 얼굴이었지만 웃는 입꼬리에서는 어쩐지 편안한 여유가 있었다.

"무슨 소란이냐."

"그게 찾아온 자가 어린 여자입니다. 가르간 백작의 인장이 박힌 서신을 들고 왔습니다."

가르간은 비교적 변방의 영주였다. 얀키누스는 그를 직접 본 적은 없지만 성실하고 신중한 자라는 평가는 익히 들었다.

"내게 바치는 선물이라도 되는 건가? 이런 시기에 출세하고자 중앙에 진출할 생각은 아닐 텐데?"

얀키누스가 주먹을 입에 대며 큭큭 웃었다.

"괴이한 차림새입니다. 너저분하지만 사제의 옷을 입고 있었습니다."

"설명은 그만해라. 내가 직접 봐야겠군."

얀키누스가 손짓하자 병사가 소녀를 데리고 왔다.

"바샤입니다."

"예의범절을 배우지도 못한 천민이로군."

바샤의 언행은 귀족이나 배운 사람의 것이 아니었다.

"폐하를 뵙기 위해 먼 길을 왔습니다."

"그 너저분한 꼴만 봐도 알 수 있는 걸 말하지 않아도 된다."

옆에 있던 기사는 바샤에게 받은 서신을 얀키누스에게 전달했다.

서신은 너덜너덜했지만 인장의 봉인은 풀리지 않았다. 얀키누스는 촛불에 인장의 봉인을 녹여서 서신의 내용을 확인했다.

얀키누스는 한참이나 서신을 읽었다. 그는 종종 바샤의 얼굴을 한 번씩 쳐다봤다.

"혼자서 여행을 한 거냐?"

"루의 가호 덕분에 여기까지 올 수 있었습니다, 폐하."

"어린 계집이 혼자서 여기까지 온 건 확실히 기적에 가깝지. 네게 루의 은총이 조금이나마 깃든 게 확실하구나."

"……제 행동과 말이 곧 루의 뜻입니다."

바샤가 조용히 말했다. 그 말에 기사가 움찔하며 칼자루에 손을 얹었다.

바샤의 말은 굉장히 무례했고, 신성모독이기도 했다. 성직자가 저 말을 들었다면 길길이 날뛰었을 것이다. 한낱 계집애가 루의 뜻을 대신하다니? 말도 안 되는 일이다.

……기이한 광경이었습니다. 타락한 사제가 소녀를 겁탈하다 죽었습니다. 그 아이는 자신이 루의 뜻을 알고 있다고 말했습니다.

서신에서는 바샤가 여기까지 온 배경이 적혀 있었다.

"약탈자 무리에게 급습당하고도 용케 살아남았군."

"죽을 뻔했으나 야만인의 몸을 빌린 루께서 저를 구해주셨습니다."

그 말을 듣던 얀키누스가 헛웃음을 흘렸다. 그는 서신을 끝까지 읽고는 잠시 눈을 감으며 생각을 정리했다.

'약탈자에게 가족을 모두 잃고, 사제에게 강간까지 당해 미쳐 버렸군.'

얀키누스는 이성적인 결론을 내렸다. 눈앞에 소녀는 그저 미쳤을 뿐이다.

"제국이 궁지에 빠졌다는 소문을 들었습니다. 지금까지 태양신 루의 은총을 당연하다 여기며 그분을 경시한 자들이 대가를 치른 것이죠. 사제들은 타락했고, 사람들은 루를 진심으로 공경하지 않았습니다."

"지금 네 눈앞에 있는 내가 누구인지 잊은 모양이구나."

얀키누스가 손가락을 튕겼다. 기사가 칼을 뽑아서 바샤의 목에 들이밀었다. 강철의 냉기가 목에 닿는데도 바샤의 눈동자는 담담했다.

"갑옷과 칼을 주시면 제가 루의 위대함을 증명하겠습니다. 도탄에 빠진 우리를 구할 수 있는 건 그분밖에 없습니다."

바샤의 얼굴은 사랑에 빠진 것처럼 붉었다. 정신적 고양감 덕분에 죽음의 공포조차 잊은 듯했다.

바샤의 무례와 오만함을 참지 못한 기사가 입을 열었다.

"정신이 나간 미천한 년입니다, 폐하."

그러나 얀키누스는 들었던 손을 천천히 원래대로 내렸다.

"저 아이를 씻기고 몸에 맞는 갑옷을 주어라."

얀키누스가 턱을 옆으로 괴며 웃었다.

"폐하께서 제 요청을 들어주실 줄 알았습니다. 루께서 저를 이리로 이끌었죠."

"전투의 선봉에 서라! 루께서 너를 지켜주시겠지. 태양의 은총을 두른 너는 그 어떤 화살과 불꽃에도 상처를 입지 않을 거다."

얀키누스의 말에 바샤는 더욱더 흥분했다. 흐릿한 눈동자에서 희미한 빛이 맴돌았다.

"가라, 기사가 너를 안내할 거다."

바샤가 무릎을 꿇곤 얀키누스의 손에 입을 맞췄다.

바샤와 기사가 천막 밖으로 나갔다. 혼자 남은 얀키누스는 서신을 갈무리하곤 웃었다.

'죽든 살든 사기는 확실히 오르겠지.'

어린 소녀가 갑옷을 입고 선봉에 선다. 그녀가 죽든 살든 감명을 받은 병사들은 용감하게 싸울 것이다. 장렬하게 죽는다면 오히려 더 좋을 터다.

"정신이 나간 여자도 쓰기 나름인 것이지."

Chapter 10

제국군을 후방을 노리던 카셀마로니 군대가 철수했다. 기스킨 군대가 카셀마로니의 국경을 넘었다는 소식이 들려왔다.

얀키누스의 제국군은 빌케르의 본대가 주둔 중인 요새를 공격하기로 결정했다. 바로 본대를 치는 건 위험을 감수하는 행동이었으나, 그만큼 제국군에게는 시간적 여유가 없었다.

"바샤?"

"제국을 구하기 위해 먼 길을 왔다고 하더군."

"여자애가 전장에서 싸운다고?"

병사들이 수군거렸다.

사슬갑옷을 입은 바샤가 태양 깃발을 높게 들고 있었다. 그녀는 북부의 요새를 바라보다가 눈을 감았다.

'루여, 제 역할이 당신의 종이라면 여기서 증명하게 해주소서.'

바샤가 움직일 때마다 사슬이 철렁거렸다. 갑옷이 묵직하게 그녀의 어깨를 짓눌렀다.

"칼을 들 필요는 없다, 바샤. 깃발을 들고 전진만 해라. 우리가 지켜주지."

얀키누스의 명령을 받든 기사들이 바샤를 호위했다.

"루께서 우리를 지켜보실 겁니다. 그분이 저를 구했던 것처럼, 저와 함께하는 여러분을 지킬 거예요."

바샤가 만나는 기사와 병사들마다 말을 걸었다. 그 말을 들은 병사들의 표정은 기묘했다.

둥, 둥, 둥.

병사들이 북을 쳤다. 북소리에 맞춰서 제국군이 진군했다. 대열은 흐트러짐 없이 깨끗했다.

드륵, 드륵.

투석기를 감는 소리가 사방에서 들려왔다. 바퀴가 달린 공성탑은 천천히 움직였다.

바샤는 두근거리는 심장소리를 들으며 요새를 바라봤다. 북부인의 것이었으나 제국이 축성한 요새답게 대단히 견고했다.

뿌우우우!

진격나팔이 길게 퍼졌다. 투석기의 돌이 쏟아지는 가운데 제국의 병사들이 대열에 맞춰서 성벽으로 접근했다.

"깃발을 들고 따라와라! 바샤!"

기사가 바샤를 독촉했다.

바샤가 숨을 계속 헐떡였다. 그녀가 눈을 부릅뜨고 입을 크게 벌렸다.

"아, 아아아아아!"

바샤가 갑자기 미친 사람처럼 소리를 내질렀다. 여성 특유의 고음이 대열 사이에서 퍼졌다.

"바샤!"

기사들이 당황했다. 바샤가 대열을 이탈한 채로 저 앞으로 뛰쳐나갔다. 태양 깃발만이 앞으로 전진 하며 펄럭였다.

피슈수슛!

화살이 바샤 발밑에 떨어졌다. 바샤는 중간에 넘어져서 화살에 맞지 않았다. 갑옷을 처음 입었기에 움직임 엉거주춤했다. 그 때문에 오히려 숙련된 사수의 화살을 피했다. 제대로 된 병사였다면 진작 화살에 맞았을 것이다.

"태양의 은총은 우리에게 있습니다-!! 선량한 자들이여! 저와 함께 싸웁시다!"

넘어진 바샤가 일어서며 외쳤다.

고작해야 여동생이나 딸뻘인 소녀가 사내들이 가득한 전장에서 외쳤다.

"진군! 진군해라! 돌-겨어어억!"

얀키누스의 돌격 명령이 떨어지자마자 사방에서 장교들이 외쳤다.

병사들이 우렁차게 고함을 지르며 내달렸다. 원래라면 천천히 이동했을 거리이지만, 병사들은 무언가에 홀린 듯이 전력 질주를 하며 성벽 밑으로 달라붙었다.

"정말로 미쳤군!"

바샤의 호위를 맡은 기사들이 자기들끼리 얼굴을 보며 웃었다. 바샤의 돌발행동은 어처구니가 없었다. 규율이 중요한 제국군에게는 있을 수 없는 일이다.

기사들은 정신없이 바샤를 따라다녔다. 바샤는 공성탑에 올라가 깃발을 높게 흔들었다. 기사들이 방패를 들어서 그녀를 보호했다.

태양 깃발은 바샤가 들고 있었다. 어린 소녀가 선두에 있는데 겁을 먹을 사내는 없었다. 사기가 낮은 징집병들조차 자극을 받아서 두려움 없이 공성탑 안으로 꾸역꾸역 들어갔다.

"루께선 다양한 모습으로 우리 곁에 있습니다! 두려워하지 마세요!"

흥분한 바샤가 화살이 빗발치는데도 앞으로 나아갔다. 차가운 창날이 그녀의 머리를 스쳤다.

"제기랄!"

기사가 바샤의 팔을 잡아당기며 그녀를 보호했다. 가까이서 보면 그저 미쳐서 날뛰는 소녀일 뿐이었다. 호위기사들은 그녀를 보호하기 위해 온갖 수단을 다 썼다.

"아아아아-!!"

바샤가 기사들이 싸우는 틈을 타서 성벽으로 뛰어내렸다. 적들 사이에 들어간 바샤가 투구를 벗어 던지더니 깃발을 높게 들곤 크게 휘둘렀다. 그녀의 적금발이 길게 흩날렸다.

"우아아아아아아!!"

공성탑과 성벽 사이에서 투닥거리던 병사들이 갑자기 야만 전사처럼 날뛰며 전진했다. 바샤가 죽기 전에 병사들이 뛰어들었다.

태양 깃발을 중심으로 제국군의 돌파력이 대단했다. 문명군대에게 부족했던 광기가 한낱 소녀에게 있었다. 그녀가 싸우다가 죽는다면 그것 나름대로 엄청난 폭발력을 지닐 터다.

"태양 깃발……."

요새를 지키던 빌케르도 태양 깃발을 든 기수가 제국군을 독려한다는 걸 알았다. 그는 정예전사를 이끌고 성벽 위로 이동했다.

"날 따라와라! 서쪽 성벽을 막는다!"

빌케르가 성벽을 따라 뛰며 창을 길게 뻗었다. 그의 창은 사다리를 타고 올라오는 병사들을 수없이 관통했다. 견고한 창술은 나이를 감안하지 않더라도 대단했다.

"오우우우우우!"

북부전사들은 태양교를 믿곤 있지만 전사의 문화와 풍습은 여전했다. 그들은 여전히 피를 보며 희열을 느꼈고 폭력을 사랑했다. 그들 앞에는 훌륭하게 성장한 미요른의 후손이 있었다.

"북부의 왕!"

빌케르와 전사단은 무시무시한 기세로 성벽을 정리하며 태양기수의 부대를 노렸다.

"오오오오!"

빌케르가 소리를 지르며 창을 길게 찔렀다. 그는 창으로 사람을 꿰어 올려서 성벽 밖으로 던졌다.

저 앞에 태양 깃발이 보였다. 기사들 사이에 가려져서 얼굴이 보이지 않았으나, 깃발로 자신의 위치를 노출시킬 만큼 용맹한 자다. 빌케르가 긴장했다.

'분명 대단한 기사가 기수를 맡고 있는 거겠지.'

빌케르가 침을 한 번 삼키며 눈을 치켜떴다.

'울가로여…….'

여전히 그의 가슴은 울가로를 향하고 있었다.

바샤는 자신을 향해 달려오는 북부 야만인들을 바라봤다. 경박하고도 사납게 울부짖는 전사들이 병사와 기사들을 헤치며 바샤를 향해 다가왔다.

'야만인, 야만인.'

바샤는 중얼거렸다. 포효하는 북부전사들이 코앞까지 다가왔다. 루의 은총과 사랑을 받을 자격이 없는 야만인들이다.

카아아앙!

금속들이 뜨겁게 부딪혔다. 기사들은 바샤를 지키기 위해 북부의 정예전사들을 막아섰다.

"호우우우우!"

빌케르가 펄쩍 뛰어오르며 기사들 머리 위로 지나갔다. 몸놀림이 워낙 날렵한지라 기사들은 그를 잡지 못했다.

'저기다.'

빌케르가 기수를 보곤 회심의 미소를 지었다. 누군지는 몰라도 저 목을 벤다면 제국군의 기세가 꺾일 게 뻔했다.

콰드득!

빌케르와 바샤가 뒤엉켰다. 빌케르는 옆구리에서 도끼를 뽑아서 높게 들어 올렸다. 단숨에 내려치면 바샤의 머리통이 갈라질 것이다.

"여자?"

빌케르의 팔이 잠시 멈췄다. 그의 아래에 깔린 기사는 여자였다. 그것도 전장에 어울리지 않는 소녀다.

여자라서 죽이지 못한다는 허무맹랑한 신념 따위 없다. 단지 이질적인 존재를 만나서 당황했을 뿐이었다.

"아아아아아악!"

바샤가 발작하듯 소리를 내질렀다. 남자가 자신을 깔아뭉개고 있었다. 눈동자에는 악취와도 같은 공포가 스멀스멀 기어 올라왔다.

쿵!

바샤가 상체를 일으키며 정수리로 빌케르의 턱을 세게 쳤다. 노린 게 아닌 우연이었다.

'제길.'

빌케르가 성벽 아래로 벌러덩 넘어졌다. 등골이 저릿저릿했다.

'왜 계집애가 갑옷을 입고 전장에 있는 거지?'

전쟁은 본디 사내의 것이다. 싸우는 여자가 없는 건 아니지만 다들 남자만큼이나 거칠고 힘이 센 자들이었다. 호리호리한 계집애가 전장에 있다는 건 말도 안 되는 소리였다.

"아아아아아!"

빌케르는 귀가 찢어지는 고함에 이맛살을 찌푸렸다. 성벽 위에 있던 바샤가 빌케르를 향해 뛰어내렸다. 그녀가 들고 있는 깃대 밑부분이 정확히 빌케르의 얼굴을 노렸다.

"뱌샤아아!"

기사와 병사들도 바샤를 따라 성벽 아래로 뛰어내렸다. 착지를 잘못해서 발목을 접질린 병사도 여럿이었다.

콰직!

빌케르가 옆으로 굴러서 바샤의 공격을 피했다.

"빌케르! 뒤로 빠져! 밀리고 있다! 성벽은 이미 뚫렸어!"

북부전사들이 소리를 지르며 빌케르를 에워쌌다. 상황은 좋지 않았다. 요새는 서서히 뚫리기 시작했다.

"빌어먹을, 카셀마로니 놈들."

카셀마로니는 자신들의 영토를 지켜야 한다며 병력을 뒤로 뺐다.

'제국의 외교공작이겠지.'

빌케르는 전황의 불리함을 인지했다. 그는 남은 전사들을 이끌고 후문으로 빠져나갔다.

"퇴각이다! 퇴각해라!"

요새를 내주는 건 뼈아픈 일이었다. 여기보다 방어하기 더 좋은 곳은 없었다.

"빌케르, 곧 기회가 다시 올 겁니다. 제국군은 북부에만 신경을 쓸 수 없는 상황입니다."

북부의 태양전사가 빌케르를 호위하며 말했다. 그들은 요새를 버리고 후퇴했다.

북부전사들이 후퇴하자 제국군은 성벽 위에서 함성을 내지르며 후퇴하는 전사들을 조롱했다.

"등신들아! 꺼져라! 루께서는 너희들을 사랑하지 않아!"

병사들이 엉덩이를 까서 흔들며 외쳤다.

요새를 탈환한 제국군은 쉬지 않고 요새를 보수하고 보강했다. 자재를 나르는 병사들 사이에서는 바샤의 이름이 끊임없이 오갔다.

"그 여자가 싸우는 모습을 봤어? 정말로 루의 은총을 받은 것 같더군."

"적진 한가운데로 뛰어들어도 죽지 않아. 야만인들은 도망치기 바빴지."

병사들은 어떻게든 바샤의 얼굴을 보려고 힐끗힐끗 모여들었다.

"하악, 하악."

바샤는 따로 마련된 방에 들어가서 숨을 헐떡였다. 전장의 흥분이 좀처럼 가라앉지 않았다.

"루여, 루여. 제게 야만인들을 무찌를 힘을 주셨군요. 당신은 제가 여기에 온 게 틀린 선택이 아니었다는 걸 증명해 주셨습니다."

바샤가 무릎을 꿇으며 기도했다. 황홀경으로 온몸이 젖어가는 느낌이었다. 그녀는 마음이 진정될 때까지 가만히 앉아 있었다. 황제가 직접 배치한 강철기사들이 바샤가 머무는 방문을 지키고 있었다.

바샤의 활약은 황제 안키누스도 똑똑히 봤다. 전투능력은 보잘것없었으며 흐름을 읽는 지휘능력도 없는 소녀가 전장에 큰 영향을 미쳤다.

얀키누스가 웃음을 흘리며 점령한 요새 안으로 들어왔다.

"어린 계집아이가 전장의 선두에 서는데 도망갈 사내는 없지."

유능한 지휘관도 군대의 사기를 끌어올리지만, 바샤의 존재로 오르는 사기는 종류가 달랐다. 단순한 사명감이나 고취감이 아니라, 더 깊숙한 내면의 광기를 끌어냈다.

규율이 높기로 소문난 제국군조차 이번 전투가 끝나고 나서 흥분하며 날뛰었다. 계집아이를 선두에 세워 이겼다는 묘한 배덕감도 있었다.

"바샤에게 더 좋은 갑옷을 주고 풍성하게 대접해라."

얀키누스는 바샤를 쓸모 있는 사람이라고 인정했다. 그는 자신이 인정한 사람에게는 아낌없이 베푸는 사내였다.

'여길 중심으로 북부군을 저지하면 돼. 우리도 북부로 진군이 힘들지만, 놈들도 여길 넘어서 내려오긴 힘들 거다.'

얀키누스는 병사들에게 연회를 베풀었지만, 정작 본인은 참모들과 작전회의를 밤새 했다.

"바샤는 위험한 여자입니다. 이번에는 좋은 결과를 끌어냈지만 돌발행동 때문에 작전을 망칠 수도 있습니다."

"그 여자가 병사들 사기 진작에 큰 영향을 끼치는 건 맞소. 오늘 병사들은 야만인처럼 싸우더군. 여자에게 잘 보이려고 날뛰는 철부지 소년처럼 말이야."

"그게 위험하다는 거요."

지휘관들의 말이 오갔다. 그들은 바샤를 무조건 긍정적으로 보지 않았다.

"우리 군의 가장 큰 힘은 통일성과 규율입니다, 폐하."

기사와 지휘관들의 말을 듣던 얀키누스가 침묵했다. 그의 대답을 모두가 기다렸다.

"규율은 중요하지. 제국군의 가장 큰 덕목이자 가치라는 걸 누가 부정하겠는가?"

얀키누스가 느긋하게 말꼬리를 늘였다.

"…하지만 그보다 중요한 건 결과네. 우리가 규율을 중요시 여긴 건 그게 승리라는 결과로 보답했기 때문이지. 그러나 오늘의 승리는 바샤의 공이 컸으며, 그것만으로도 중용할 가치가 있는 여자네."

몇몇 지휘관이 인상을 찌푸리며 혀를 찼다. 황궁에서 귀족들이 저런 반응을 보였다면 목이 위험했을 것이다.

정치적으로는 폭군에 가까운 얀키누스라도, 전장에서만큼은 다양한 의견을 들었다. 군대는 가장 합리적인 곳이어야 한다. 권위와 편견에 휩싸인 군대는 금방 나약해진다. 군대는 끊임없이 혁신하고 순환해야 한다.

전장에서는 어제까지 먹혔던 전략전술이 다음 날에는 약점이 되기도 한다. 군사 지휘관들만큼은 얀키누스 앞에서 눈치를 보지 않고 자신의 의견을 내뱉을 수 있었다.

"바샤를 전장에 쓰고 싶으면 상징으로 삼아야 합니다, 폐하. 교황에게 서신을 보내 바샤를 성인으로 인정하게 하는 게 좋을 듯합니다."

"하하, 그 교황이 잘도 내 부탁을 들어주겠군. 사제들에게 바샤를 넘기면 안 돼. 뭐가 옳고 그른지조차 모르는 무지렁이 천민여자다. 교황의 입김이 닿는 사제들이 접근하지 못하도록 잘 감시해."

얀키누스도 온갖 소문을 듣고 있었다. 북부의 반란은 교황과 태양교의 입김이 닿았을지도 모른다. 교황은 그저 독립된 일개 영지의 주인이었지만 정치적 영향력만큼은 대단했다. 제국이 성립하기 전에는 교황이 왕들 위에 군림했었다. 교황은 과거의 영광을 되찾고 싶을 것이다.

"아직 점령해야 할 요새가 남아 있어. 바샤가 정말로 유용한 인재라면 거기서도 활약하겠지. 승전을 이끌고 살아남는다면 교황의 권위가 없어도 병사들은 바샤를 루의 사도라고 생각하고 따를 거네."

"전장의 이치도 모르고 날뛰는 무모한 여자입니다. 머지 않아 죽을 겁니다."

"여기서 죽는다면 그것 나름대로 미담이 되지. 제국을 구하기 위해 루의 계시를 받고 온 시골처녀의 희생. 좋은 이야기로군."

제국군의 수뇌부는 바샤를 그저 정신 나간 소녀 정도로 치부했다. 하지만 몇몇 기사는 불안한 표정으로 회의를 지켜봤다.

'하지만 정말로 바샤가 루의 계시를 받은 성녀라면?'

루의 은총을 받은 성인을 미치광이로 치부했다가 루의 분노를 사서 멸망한 왕국들이 옛날 옛적에 있었다. 기록조차 남지 않은 시대의 이야기들. 루조차 마냥 자비롭지만 않았던 야만의 시대. 문명세계도 처음부터 문명적이진 않았다. 모든 건 야만에서 시작되었다.

휴식을 취하던 바샤는 갑옷을 입은 채로 잠들었다.

"소리를 죽이지 못할 것 같으면 손등이라도 물어서 숨을 죽여라."

과거의 꿈을 꿨다. 야만인의 모습을 하고 나타났던 태양신 루, 그는 바샤를 죽음에서 구했다.

헛간에서는 또 어떠했던가? 조각난 햇살이 말뚝을 비쳤다. 바샤는 루를 대신해 타락한 사제에게 신벌을 내렸다.

'루여, 타락한 자들은 야만인들에게 죽었으니, 이제 저들로부터 제국을 구하는 게 제 사명이군요.'

바샤는 눈을 떴다. 팔을 들어 올리니 철그렁거리는 소리가 났다. 사슬갑옷이 그녀의 몸을 짓눌렀다.

곤히 자고 일어났는데도 온몸이 노곤하고 무거웠다. 흥분이 가라앉자 온몸의 뼈마디가 아팠다. 걸을 때마다 몸이 부서지는 듯했다.

바샤는 엉거주춤하게 밖으로 나갔다. 그녀는 자신이 점령한 요새를 바라봤다.

'내가 야만인들에게서 이 요새를 뺏었다.'

성취감이 가슴을 세차게 두드렸다. 고통이 씻은 듯이 사라지는 듯했다.

'나는 특별해. 루의 보호와 은총을 받고 있어.'

바샤는 당당하게 걸었다. 횃불을 들고 오가던 병사들이 그녀를 보자마자 무릎을 꿇곤 기도를 했다.

끼익.

바샤는 요새의 회관으로 들어섰다. 고요한 울림이 차분하게 퍼졌다.

회관은 부서진 흔적이 없었다. 원래 기도실로 쓰던 곳이라 그대로 남겨둔 듯했다.

"어째서?"

바샤가 회관을 중앙을 보더니 고개를 갸웃했다.

"왜 태양성물이 야만인들의 회관에?"

기도한 흔적이 여기저기에 있었다. 마치 태양사원처럼 꾸며진 회관이었다.

'야만인들의 신은 전쟁의 신이 아니었나?'

무지한 바샤도 야만인의 신이 사악하고 폭력적이라는 건 들었다. 야만의 신은 밤과 어둠을 틈타 움직였고, 폭풍과 천둥을 상징으로 삼았다.

바샤의 동공이 흔들렸다. 그녀는 지끈거리는 이마를 붙잡으며 제자리에 서 있었다.

"바샤, 바샤."

회관의 기둥 뒤에서 누군가가 속삭였다. 그는 제국군을 따라나선 종군수도사였다.

"수사님?"

바샤가 공손히 고개를 숙여 인사를 했다. 수도사는 눈치를 살피더니 바샤 옆으로 다가왔다.

"당신이 루의 계시를 받아 싸운다고 들었습니다."

"야만인들로부터 제국을 구하는 게 루께서 내린 제 사명입니다."

"그럼 상대가 잘못되었습니다. 북부인들은 루를 믿으며 태양의 왕국을 건설하고자 합니다."

바샤가 인상을 찌푸렸다. 그녀가 우울한 눈동자를 들어서 수도사를 노려봤다. 수도사가 기회를 잡았다는 듯이 말을 이었다.

"소문이 자자했는데 듣지 못한 겁니까? 미요른의 후손이자 북부의 왕을 자칭하는 빌케르조차 태양신의 아들이지요. 제국은 속세의 욕망 때문에 헛된 전쟁을 하는 겁니다."

"……야만인이 그분을 믿을 리가 없어요. 분명 야만의 신을 믿으면서 우리를 속이려고 거짓을 지껄이는 겁니다. 다들 속고 있는 거예요. 루께서 제게 야만인을 죽이라고 하셨습니다! 그 야만인들이 루를 믿을 리가 없죠. 그 빌케르라는 자는 마음속에 야만의 신을 품고 있을 겁니다! 전 야만인들의 사악한 눈을 봤습니다. 그 안에는 루가 깃들어 있지 않았어요."

바샤의 목청이 높아졌다. 그녀의 눈동자는 서늘했다.

"저를 따라 교황성하께 갑시다! 바샤, 당신이 진정으로 루의 계시를 받았다면 성하께서도 알아보실 터."

수도사가 바샤의 손목을 잡았다. 바샤가 기겁하며 수도사를 밀쳤다.

"저, 저는 루의 목소리를 들었습니다. 루께서 저를 구하셨고, 은총을 내리셨죠! 야만인은 모두 죽어야 합니다."

"야만인들은 루께서 타락한 자들을 벌하기 위해 내리신 도구입니다. 북부인이 그랬듯이 모든 야만인이 결국 루의 곁으로 돌아올 겁니다. 단지 지금은 거짓 신을 믿으며 이교도로 위장한 것뿐이죠. 모든 인간은 루의 아들과 딸이니까요."

"야만인과 우리가…… 같다고요?"

바샤가 손발을 벌벌 떨었다.

'저자는 타락한 사제다.'

귓가가 윙윙 울렸다. 바샤가 허리춤에 손을 가져가 댔다. 그녀는 엉거주춤한 솜씨로 칼을 뽑았다.

"이, 이게 무슨!"

수도사가 당황하며 뒷걸음질 쳤다. 바샤가 어설픈 동작으로 칼을 휘둘러서 수도사의 가슴을 크게 벴다.

"카아아악!"

바샤가 악착같이 칼날을 깊게 집어넣었다. 피가 바닥에 쏟아졌다.

"이교의 신에 물든 주제에 그분의 이름을 거론한 죄를 치러라."

바샤가 중얼거리며 수도사의 숨통을 끊었다. 화가 풀리지 않은 그녀는 죽은 수도사의 하반신을 몇 번이고 걷어차며 발로 짓밟았다.

"무슨 일이오! 바샤?"

순찰을 다니던 기사가 소란을 듣고는 회관으로 들어왔다. 그는 회관의 광경을 보며 움찔했다. 죽은 수도사와 피범벅이 된 바샤가 보였다.

"저 사내가 저를 겁탈해 욕보이려고 했으나, 루께서 저를 지켜주셨습니다. 그분을 위해 기도합시다."

바샤가 조용히 태양성물 앞에 무릎을 꿇곤 기도를 올렸다.
그녀의 얼굴은 몹시도 편안했다.

to be continued

나는 롤놈이다

글쓰는기계 게임 판타지 장편소설
WISHBOOKS GAME FANTASY STORY

판타지 온라인의 투기장.
대장장이로 PVP 랭킹을 휩쓴 남자가 있다?

"아니, 어디서 이런 미친놈이 나타나서……."

랭킹 20위, 일대일 싸움 특화형 도적, 패배!

"항복!"

'바퀴벌레'라고 불릴 정도로
끈질긴 생명력을 가진 성기사조차 패배!

"판타지 온라인 2, 다음 달에 나온다고 했지?"

평범함을 거부하는 남자, 김태현!
그가 써내려가는 신개념 게임 정복기!

백수귀족 판타지 장편소설

WISHBOOKS FANTASY STORY

바바리안

퀘스트

 12

백수귀족 판타지 장편소설

초판 1쇄 찍은 날 | 2019년 5월 21일
초판 1쇄 펴낸 날 | 2019년 5월 28일

지은이 | 백수귀족
펴낸이 | 예경원

기획 | 위시북스
편집책임 | 이규재
편집 | 위시북스

펴낸곳 | 예원북스
등록번호 | 제396-2012-000132호
등록일자 | 2012. 7. 25
KFN | 제1-415호

주소 | 경기도 고양시 일산동구 호수로 646-24 위너스21II빌딩 206A호 (우)10401
전화 | 031-819-9431 팩스 | 031-817-9432
E-mail | yewonbooks@naver.com

ISBN 979-11-6424-298-6 04810
      979-11-6098-950-2 (set)